Blūmenbar

Das Buch

Ein junger Mann namens Akhbar kehrt in sein Heimatland zurück. Ängstlich, aber auch von Sehnsucht getrieben, begibt er sich auf die Suche nach Menschen und Orten, die ihm einst vertraut waren. Doch das Land ist sichtbar vom Krieg zerstört, er erkennt es kaum wieder. Am meisten beunruhigt ihn der Anblick der Frauen, deren Gesichter neuerdings verschleiert sind – und unter denen er seine Freundin zu finden hofft.

Der Autor

MURATHAN MUNGAN, 1955 geboren, wuchs in Mardin, im Osten der Türkei, auf. Er lebt als Schriftsteller in Istanbul, wo er wie ein Popstar verehrt wird. Sein umfangreiches Werk, das auch Theaterstücke, Essays und Gedichte umfasst, wurde in zahlreiche Sprachen übersetzt. Poesie und Politik, Realität und Traum, urbanes Leben und orientalische Legenden sind bei Mungan untrennbar miteinander verbunden.

Der Übersetzer

GERHARD MEIER, geboren 1957, studierte in München Romanistik. Seit 1986 lebt er in Südfrankreich, wo er als Übersetzer aus dem Französischen und Türkischen tätig ist.

Murathan Mungan

Tschador

Roman

aus dem Türkischen von
Gerhard Meier

Blumenbar Verlag

Obwohl sich in der Ferne die kahlen Berge zum Verzweifeln ähnlich sehen, die niedrigen Hügel denkbar fahl wirken, der Sand zu fast gleich hohen Dünen zusammengeweht ist und die staubige Sonne alles, was er bisher gesehen hat, mit der gleichen Ungerührtheit versengt, fühlt Akhbar doch, dass er seinem Land näher kommt, dass es nicht mehr weit ist bis zur Grenze, doch es sind nicht vertraute Wegzeichen, an denen er dies erkennt, sondern die Untiefen seines Herzens, an die er nicht einmal eine Erinnerung besitzt.

Die Hitze hat die beiden eingelullt. Schon lange reden sie nicht mehr und lauschen nur noch auf den Weg, auf die Sonnenglut, auf die Wüste, der sie mal näher, mal ferner sind. Was sie einander zu sagen hatten, war schnell verbraucht, bald hatten sie gar kein Bedürfnis mehr zu sprechen. Um sich vor dem scharfen, heißen Wüstenwind zu schützen, lassen sie die Autofenster dicht geschlossen, und der Blick durch die sandigen Schleier verrät Akhbar nicht, woran sie gerade vorbeiziehen, wohin sie gerade fahren. Es ist ein altes Auto mit hohem Radstand und gewaltigen Reifenprofilen; die Ladefläche ist offen, und wo Lack abgesprungen war, hatte jemand mit verschiedensten Farben nachgebessert. Unterwegs mussten sie unzählige Male anhalten. An kühlen Orten schöpften sie Kraft.

Als Akhbar den Schweiß bemerkt, der dem Fahrer von der Stirn bis zum Hals rinnt, fällt ihm selbst wieder ein, die Hand zum Gesicht zu führen. Er weiß, dass man es irgendwann aufgibt, den Schweiß abzuwischen. Mit dem dünnen Seidenstoff seines gelben, von weißen Fäden durchzogenen Turbans wischt er sich Gesicht und Kopf ab, wickelt sich den Turban wieder um und zieht ihn fest. Er reibt sich das Gesicht, um sich zu erfrischen.

Der Fahrer nimmt diese Vorbereitungen wahr und sagt lächelnd, als müsse er ihnen Sinn verleihen: »Bald sind wir an der Grenze.«

Trotz der dicken, violetten Lippen und vieler Zahnlücken ist es ein gutes Lächeln. Es weckt keine dunklen Gefühle. Akhbar lächelt zurück.

Als am Horizont allmählich die Grenze sichtbar wird, spürt Akhbar, wie vertrocknet seine Lippen sind, und führt die Feldflasche zum Mund.

Da fällt ihm ein, dass es die Höflichkeit gebietet, zuerst den Fahrer zu fragen.

»Willst du auch etwas?«

6

Der Fahrer schüttelt den Kopf.

Hatte die Grenze aus der Ferne lediglich wie eine Ansammmlung einzelner Gebäude gewirkt, so bemerkt Akhbar nun, dass sie viel dichter steht, als er gedacht hätte. Er sieht elektrischen Stacheldraht, kleine Erdhaufen, unter denen sich Minen vermuten lassen, Wachtürme, Gräben, Schutzwälle, und in breiten Lochern je eine zimmergroße Hütte, deren Funktion sich nicht erschließt.

Zwar hofft er, dass es mit seinem neuen Pass und den sonstigen Papieren, die er zigmal überprüft hat, an der Grenze keine Schwierigkeiten geben wird, doch die Angst in ihm ist wachsam. Sie wird von dem genährt, was ihm in der Ferne zu Ohren kam, von Berichten in Zeitungen und Erzählungen von Flüchtlingen, und nicht zuletzt von der Wahrscheinlichkeit, dass sein Pech, dem er schon so oft in die Falle gegangen war, ihm wieder einen Streich spielen würde. Würde es nicht Argwohn erregen, dass er nach so vielen Jahren in die Heimat zurückwollte? Würden die Behörden das nicht als willkommenen Anlass nehmen, ihn mit absurden Fragen, auf die er keine Antwort wüsste, in die Enge zu treiben? Ihn tröstet allein, dass er das Land lange vor dem Regierungssturz verlassen hat und seiner Rückkehr nichts Politisches anhaftet. Das würden sie vermutlich wissen. So gründlich und leidenschaftlich, wie sie die

Grenze bewachen, wüssten sie es sogar bestimmt. Akhbar ist jemand geworden, der sich in nichts mehr einmischt, nie.

Der Fahrer sieht ihm seine Befürchtungen an.

»Du sorgst dich ganz umsonst. Es passiert nichts, du wirst sehen. Ich fahre mindestens fünfmal pro Woche hier durch. Es ist alles nicht mehr so streng wie früher. Lügen entstehen, wenn jeder der Wahrheit etwas hinzufügt.«

Akhbar wäre gern sicher, dass diese Worte nicht nur seiner Beruhigung dienen sollen.

An der Grenze werden sie angehalten.

Der Fahrer steigt aus und wird von den Soldaten wie ein alter Bekannter begrüßt. Akhbar gewinnt ein wenig an Sicherheit zurück.

Es waren also keine leeren Worte gewesen, als der Fahrer gesagt hatte: »Ich bringe dich sicher über die Grenze.«

Im Schatten des Wachgebäudes unterhalten sich die Soldaten mit dem Fahrer; es ist ihnen nicht anzusehen, worüber. Von ihren Gesichtern, ihrer ganzen Haltung geht eine nichtssagende Normalität aus, die fast einstudiert wirkt. Dann holen sie Akhbar zu sich und treten ins Innere des Gebäudes. Außer dem entnervenden Quietschen der riesigen Flügel des Deckenventilators ist nichts zu hören.

Hinter einem Tisch sitzt ein hochrangiger Militär,

dessen Abscheu sich ins Gesicht eingebrannt zu haben scheint, und er sieht lange und ungläubig und, ohne ein Wort zu sagen, Akhbars Papiere durch. Als wolle er sein Gegenüber in eine Falle locken, sieht er manchmal ruckartig auf und richtet bohrende Blicke auf Akhbars Gesicht, wie um darin Antworten zu suchen, die in den Papieren nicht zu finden sind. Offensichtlich wägt er ab, was die Wahl ausgerechnet dieses selten benutzten Grenzübergangs zu bedeuten hat.

Wie unschuldige Menschen es in solchen Fällen oft tun, wendet Akhbar mit schuldigem Blick sein Gesicht ab. Es ist jener Blick, aus dem die Furcht spricht, man werde zu Unrecht als Opfer auserkoren ...

Als sie wieder ins Auto steigen, fühlt Akhbar sich unendlich leicht. Die Angst so vieler Jahre ist plötzlich verflogen. Nach den fern der Heimat verbrachten Nächten ist es Morgen geworden. Ein Aufwachen in vertrauten Armen nach einem Albtraum. Er denkt, den restlichen Teil der Reise würden sie nun viel schneller hinter sich bringen. Da merkt er, dass er sogar die Hitze vergessen hat. Die nicht unbeträchtliche Summe, die er dem Fahrer gezahlt hat, war also verdient.

»Warum wollten sie deine Papiere nicht sehen?«, fragt er ihn.

»Wie gesagt, ich komme hier mindestens fünfmal pro Woche durch. Die kennen mich inzwischen, nicht einmal meine Mutter kennt mich so gut wie sie. Was sollen sie mich da nach Papieren fragen? Sie wissen, dass ich nichts Unrechtes tue. Menschenhandel wäre viel lukrativer, aber das habe ich kein einziges Mal gemacht. Man weiß nie, wann man dabei verliert. Ich mache nichts, was mir Scherereien bringt.«

»Warum aber hast du mir geglaubt? Ich hätte dich anlügen können.«

»Ich kann zwar nicht lesen, aber ich kenne Buchstaben, und da ich meine Buchstaben gut kenne, verstehe ich Geschriebenes. Menschengesichter sind für mich Geschriebenes.«

Über Akhbars Gesicht fährt ein Zucken.

Wieder schweigen sie lange.

Nach einer Weile sehen sie ein massives, wie eine alte Festung von hohen Mauern umgebenes Bauwerk auftauchen, das aus mehreren miteinander verbundenen Gebäuden zu bestehen scheint. Es sieht unheimlich aus, Furcht einflößend, wie eine Märchenburg, in der gute Menschen von Bösewichtern festgehalten werden.

»Was ist das?«, fragt Akhbar erstaunt.

»Sie nennen es *Sammelpunkt*. Es ist sowohl Gericht als auch Gefängnis und Lager. Ein Ort für verschiedenerlei Zwecke. Hierher werden Illegale, Verbrecher und Schmuggler verbracht. Und dann geschieht, was eben geschieht.«

Soldaten, die auf der Höhe der Anlage Posten stehen, bedeuten ihnen schon von Weitem, langsamer zu fahren. Als sie sich im Schritttempo nähern, äugen die Soldaten misstrauisch ins Wageninnere und winken sie schließlich durch.

Der Fahrer beschleunigt wieder.

12

Wie eine Halluzination taucht kurz darauf am Straßenrand ein Mann auf. Er hat trotz der Hitze nur ein leichtes Tuch um den Kopf, geht mit nervösen Schritten seines Weges und redet vor sich hin.

Der Fahrer sieht Akhbar in das neugierig-besorgte Gesicht.

»Er hat den Verstand verloren«, sagt er dann. »Jeden Tag geht er diesen Weg. Ob Sommer oder Winter, geht er Tag für Tag von der Stadt bis zum Sammelpunkt und wieder zurück.«

Mit einem neugierigen Blick erheischt Akhbar vom Fahrer eine Erklärung.

»Soll ich dir seine Geschichte erzählen?«, fragt der Fahrer.

»Sicher.«

»Bis vor Kurzem war dieser Mann glücklich. Er hatte eine schöne junge Frau, eine gute Arbeit und ein geordnetes Leben. Eines Tages fuhr er mit seiner Frau in die Nachbarstadt, um seine Schwiegereltern zu besuchen. Ein paar Tage später, auf dem Rückweg, gerieten sie in eine Straßenkontrolle des Militärs, und es stellte sich heraus, dass sie ihre Heiratsurkunde nicht mit sich führten. Da sie nicht beweisen konnten, verheiratet zu sein, glaubten ihnen die Soldaten nicht und behaupteten, die Frau könne eine der polizeilich gesuchten Prostituierten sein. So wurden die beiden festgenommen und zu besagtem

Sammelpunkt gebracht, denn der Mann konnte die Soldaten nicht überzeugen. Am Sammelpunkt wurden sie einem Schnellrichter vorgeführt. Im Hof des Gerichts wimmelte es vor Menschen, die man aus den verschiedensten Gründen aus jedem denkbaren Ort hierher gebracht hatte. Darunter steckbrieflich Gesuchte, Schmuggler, Prostituierte, Diebe, illegale Flüchtlinge ... Schließlich wurde der Mann mit der Auflage freigelassen, er solle seine Heiratsurkunde holen; seine Frau aber wurde einbehalten. Der Mann fuhr so schnell wie möglich nach Hause, griff sich die Urkunde und raste zurück zum Sammelpunkt, doch als er dort ankam, fand er seine Frau nicht mehr vor, und nicht nur sie war weg, auch alle anderen Verhafteten waren nirgends mehr zu sehen.

Er fragte die Soldaten, die ihn festgenommen hatten. ›Du bist zu spät dran‹, sagten sie nur. ›Aus der Hauptstadt ist ein Befehl gekommen. Heute Morgen, beim Gebetsruf, sind sie alle, auch die Verdächtigen, aufgehängt worden. Es musste Platz geschaffen werden.‹

Seit damals legt der Mann jeden Tag diese Strecke zurück. Er ist der einzige Verrückte, den die Soldaten unbehelligt lassen.«

Durch das verstaubte Rückfenster sieht Akhbar traurig dem Mann hinterher, der die Straße entlang eilt. Während der Mann seinem endgültigen Verschwinden entgegenhastet, läuft seine Geschichte ins Leere.

Akhbar wendet sich zum Fahrer.

»Jedes Mal, wenn man der Wahrheit etwas hinzufügt, wird sie zur Lüge, hast du vorhin gesagt.«

Der Fahrer lacht mit geschlossenem Mund.

Plötzlich spürt Akhbar, wie sehr ihn seine Rückkehr ermüdet. Das Gefühl, heimzukehren, schwindet allmählich dahin, und wenn er die Augen schließt, sieht er sich als ausgehöhlten Baum mit verdorrten Ästen. Er mag den rauen Wind nicht mehr hören, der über die Wüste fegt und vor lauter Gleichförmigkeit keinem mehr etwas sagt. Er spürt, dass er mit seiner Kindheit und Jugend nicht weiterkommt, und da erfasst seinen Körper eine große Mattigkeit. Er merkt noch, wie er einschläft, und dann ist es auch schon geschehen.

Er träumt, dass die Grenze noch vor ihnen liegt und dort Gefahren auf ihn warten. Augenblicklich stellt sich die Angst wieder ein.

Als er klopfenden Herzens erwacht, sagt der Fahrer: »Bald sind wir da. Es ist nicht mehr weit.«

Als Kind war er einmal hinter einer Schlange her gewesen und hatte sich verlaufen. Da die Schlange nicht sehr groß war, hielt er sie für ein harmloses Jungtier und fühlte sich ihr nahe. Sich wie in einem Zauber windend, kam das Tier schließlich vom Weg ab und schlängelte sich weiter auf die Ebene zu, wo die Wüste begann.

Unter der aufsteigenden Sonne erstreckte sich die Wüste flach wie ein Blatt Papier; nirgends eine Wölbung, eine Wellung, nicht die kleinste Unebenheit. In dieser glatten Wüste, die Akhbar unwirklich vorkam wie im Traum, wand sich die Schlange dem Horizont entgegen und hinterließ eine Spur, die ihrem Körper glich und zugleich einen Weg markierte. Genau das verzauberte Akhbar. Es war ihm ein Weg gezeichnet; diesem nun folgte er, nicht der Schlange. Als sie einmal nach rechts kroch, ging Akhbar ihr nach. Der Weg der Schlange, die er längst aus den Augen verloren hatte, endete irgendwann am Fuß eines Hügels hinter Gestrüpp; dort hatte sie ihre alte Haut abgestreift und zurückgelassen, und hinter dem Gestrüpp war sie verschwunden, um eine neue zu bilden.

Akhbar spürte damals bitter die Gefühlsverwirrung, die in ihm herrschte, doch besaß er keine Worte dafür.

In späteren Jahren kehrte diese Kindheitserinnerung mehrfach in Akhbars Träumen wieder.

Jetzt, bei seiner Rückkehr in die Heimat, gewann diese machtvolle Erinnerung, die sich in seinem Gedächtnis beständig ihren Platz bewahrt hatte, eine andere Bedeutung, als sei die Schlangenhaut mit neuem Leben erfüllt.

Seine Füße spüren die gleichen Schritte.

Stets trug er eine kleine Sandrose in der Tasche. Sie war ihm mit der Zeit zum Talisman geworden. Wenn er sie einmal vergaß, fehlte sie ihm. Er liebte ihre raue Beschaffenheit, das rosige Braun mit dem staubig-silbernen Einschlag. Sandrosen waren Kreationen der Natur, die dem Menschen Ergebenheit und Bewunderung abnötigten.

Wenn er spürte, dass er in seiner eigenen Wüste verloren ging, steckte er die Hand in die Tasche, als wollte er sie vor fremden Augen verbergen, und berührte seine Sandrose. Diese Berührung brachte ihn aus der Wüste zurück in die Welt. In der rätselhaften Existenz einer Sandrose lag die Unerklärlichkeit der Weltzustände verborgen, dachte er. Denn schon die Existenz an sich war ein Geheimnis.

Er ließ die Hand erneut in die Tasche gleiten, fuhr mit den Fingerspitzen über die raue Oberfläche und erhoffte sich von der Zeit ein wenig Belebung.

Er bog in die Straße ein, in der er seine Kindheit verbracht hatte. Ihm war, als wäre er nie von hier fortgegangen.

Der Rahmen der mit schmiedeeisernen Verzierungen versehenen Tür war smaragdgrün gestrichen, feine Zeichnungen von Blumen und Pflanzen aller Art waren darauf zu erkennen. Das bedeutete, dass der Hausherr nach Mekka gepilgert war. Den Passanten, dem Viertel, der Stadt, der Welt sagte das: In diesem Haus wohnt ein Hadschi. Jemand, der einer der fünf Vorschriften des Islam Genüge getan hat. Schon als Kind wusste Akhbar, dass eine grün eingerahmte Tür dem Viertel Ehre machte.

Als seine Hand nach dem Türklopfer griff, der die Form einer geballten Faust hatte, fühlte er, dass die auf smaragdfarbenem Grund gezeichneten Blumen und Blätter seine ganze Kindheit in Grün tauchten. Ihn durchströmte ein an Glück grenzendes Gefühl. Natürlich gab es auch in den benachbarten islamischen Ländern die Tradition, den Türrahmen einzufärben; wo er in den letzten Jahren herumgekommen war, hatte er viele solcher Türen gesehen, doch diesmal erzitterte sein Herz, weil die Tür, vor der er jetzt stand, seine eigene war. Es war eine herbe Freude darüber, dass die hier abgebildeten Blumen und Blätter im steinernen Innenhof des Hauses in kleinen und großen Töpfen auf ihn warten würden.

Die Mekkafahrt war eine Reise. Akhbar kam gleichsam von seiner eigenen Mekkafahrt zurück. Als er in der drückenden Stille den Türklopfer betätigte, hallte es wider, als habe er an sämtliche Türen der Straße geklopft.

Der Rhythmus der herannahenden Schritte sagte ihm, die Tür würde von einer trübsinnig gewordenen Frau geöffnet werden. Es war den Schritten anzuhören, dass dem Menschen, der sie tat, bis zum Überdruss bewusst war, dass ein Klopfen an der Tür kaum noch Freude bringen würde, vielleicht sogar überhaupt keine mehr, und die Stimme, die zu diesen Schritten gehörte, rief nun: »Wer ist da?«

Er hatte sich nicht getäuscht: Es war die Stimme einer Frau.

Akhbar räusperte sich. Er wollte Vertrauen erwecken.

»Ich bin es, Akhbar«, sagte er. »Ich suche meine Mutter.«

Die Tür ging einen Spalt weit auf, und hinter einer Burka, deren Sichtfenster aus dichtem Seidenstoff bestand, erahnte er die Gegenwart eines nach Licht fahndenden Augenpaars.

Er fühlte sich angehalten zu wiederholen: »Ich suche meine Mutter.«

Die Frau, in ihre Burka zurückgezogen wie in eine Höhle, schwieg und versuchte, den Ankömmling zu verstehen und ihn zu erkennen.

»Ich komme von weit her und war schon lange nicht mehr hier«, sagte Akhbar.

»Wie heißt deine Mutter?«, fragte die Frau.

Es lag eine erschreckende Mattheit in ihrer Stimme.

»Fatima«, antwortete Akhbar.

»Hier heißen die meisten Frauen Fatima«, sagte die Frau. »Auch ich. Aber ich bin nicht deine Mutter.«

Die Wörter fielen aus ihrem Mund wie erkaltete Asche.

»Als ich wegging, wohnte meine Familie hier«, sagte Akhbar. »Sie müssen weggezogen sein.«

»Vielleicht«, sagte die Frau.

»Seit wann wohnen Sie hier?«

»Ich weiß es nicht mehr«, erwiderte die Frau. »Mein Gefühl sagt mir, wir wohnen schon immer hier. Vielleicht hast du recht, und es sind nur ein paar Jahre. Die Mauern aller Innenhöfe sehen gleich aus.«

Obwohl Akhbar von dem Gespräch mit der Frau entmutigt war, konnte er nicht darauf verzichten, noch zu fragen: »Sie wissen also nicht, wohin sie gezogen sind?«

Und als die Frau schwieg, fügte er hinzu: »Oder gezogen sein könnten?«

»Nein, ich weiß es nicht«, sagte die Frau mit der gleichen aschigen Mattheit. »Ich weiß überhaupt nicht viel. Frag die Nachbarn; wenn es stimmt, was du sagst, wird irgendjemand sie noch kennen. Oder geh zu Verwandten. Es können ja schlecht alle tot sein. Aber jetzt geh endlich. Ich habe das Essen auf dem Feuer. Außerdem ist der Mann des Hauses nicht da, und es gehört sich nicht, dass ich so lange an der Tür mit dir rede.«

Sie schloss die Tür. Genauso matt schlurfte sie davon.

Seine Mutter musste umgezogen sein. Damit hatte er überhaupt nicht gerechnet. Hinter der Tür, die man ihm vor der Nase zugemacht hatte, war seine ganze Kindheit geblieben. In der Ferne hatte er manchmal nachts davon geträumt, wie er nach Hause kommt und im Hof herumläuft wie damals als Kind. Nach solchen Nächten stand er morgens glücklich auf, dabei konnte man nicht gerade behaupten, seine Kindheit sei glücklich verlaufen; was ihn in den Träumen glücklich machte, vermochte er nicht zu sagen. Vielleicht war früher einmal das Kindsein an sich schon eine Quelle des Glücks.

Irritiert blieb er vor der verschlossenen Tür stehen. In der Ferne kam es ihm immer so vor, als ob sich zu Hause nichts getan habe und alles unverändert auf ihn warte. Dieses Gefühl, das jeden täuscht, der von zu Hause weggeht, musste wohl auch Akhbar getäuscht haben.

Es ist genau dieses Gefühl, das den Fortziehenden eines Tages wieder zurückkehren lässt, ihn dazu verleitet; und nun ließ ihn dieses täuschende Gefühl gleich an der ersten Tür, an die er geklopft hatte, mutterseelenallein zurück.

Es mochte sich ja in seinem Land einiges verändert haben, die Umstände mochten härter geworden sein, das Leben grausamer, die Beziehungen ruppiger; aber seine Mutter, seine große Schwester und all die anderen Geschwister mussten doch sehnsuchtsvoll auf ihn warten in einer Sphäre, in der alle Gefühle frisch und unverfälscht geblieben waren, und in einem Seelenzustand, der an Reinheit und Wärme nichts eingebüßt hatte.

Beim ersten Nachbarn, an dessen Tür er klopfte, öffnete niemand. Beim zweiten machten zwei verdreckte kleine Kinder auf und sagten, sie seien gerade erst eingezogen und würden niemanden kennen, dann machten sie schnell wieder zu. Bei den nächsten Häusern wurde ihm nicht geöffnet, es sprachen nur Frauen hinter der Tür und schickten ihn fort.

Manche verwechselten seine Mutter mit anderen Fatimas. Und ein paar Türen weiter war die Straße zu Ende und die Welt plötzlich leer. So viele Jahre, so viele Wege waren wie bei einem Sandsturm von einem riesigen Himmelsschlauch aufgesaugt und verschlungen worden. Selbst in einsamsten Zeiten hatte Akhbar nicht solch eine Einsamkeit verspürt. Als müsse er sich ganz neu versichern, dass er wirklich lebte, griff er zu dem Amulett, das er um den Hals trug. Wenn ihm ein Zauberspruch aus einem alten Märchen wieder einfiele, dann würde er von dem Bann erlöst und in die Welt zurückgelangen. Die rechte Hand um das Amulett gekrallt, ließ er sich seine Gebete durchs Herz gehen. Krampfhaft versuchte er sich ins Gedächtnis zu rufen, wer ihm helfen könnte. Irgendwo musste doch jemand sein, der ihn kannte oder den er selbst kannte.

Als er an dem Hamam vorbeikommt, an dessen Kuppel er sich früher, von Dach zu Dach springend, herangeschlichen hatte, um durch die kleinen Fenster oben hineinzuspähen, schlägt ihm – der Zeit entrissen – der Geruch von im Heizofen brennenden Scheiten aus Maulbeerholz in die Nase. Er spürt das Holz in seiner Kehle brennen.

Der Krämer des Viertels war an Altersschwäche gestorben. Sein Sohn, mit dem Akhbar als Kind auf der Straße Reifentreiben gespielt hatte, wurde seit dem Krieg vermisst. Man wusste nicht, ob er desertiert oder gefallen war. Demnach wusste auch seine Familie nicht, ob ihr ein Märtyrer oder ein Verräter entstammte, und so verharrte sie leidend in einem Schwebezustand zwischen Stolz und Scham.

Das erzählte ihm, hinter seinem Tresen, der neue Ladeninhaber – ein finsterer junger Mann, den er früher nie gesehen hatte. Er erweckte den Eindruck, als ob er sich hauptsächlich dafür zuständig fühlte, im Viertel für Ordnung zu sorgen und die Leute zu überwachen, und seine Informationen übermittelte er im Ton einer Amtsperson. Seine eng zusammenstehenden Augen schienen aus ihren Höhlen heraus geradewegs ein Ziel anzuvisieren, sodass bei seinem Gegenüber sofort Schuldbewusstsein aufkam. Er fragte Akhbar aus, als führe er Protokoll; warum er ins Ausland gegangen und weshalb er nicht sofort zurückgekehrt sei, wo er während des Krieges gewesen sei, was er dort gemacht habe, in welchen Kreisen er verkehre; und er behandelte ihn wie einen an der Grenze festgenommenen Verdächtigen. Er konnte die Grausamkeit nicht verbergen, die in seiner stahlkalten Stimme lag. Selbst die Grenzwachen hatten Akhbar nicht so eingeschüchtert.

Um keinen Verdacht zu erregen, beantwortete Akhbar sämtliche Fragen in möglichst ruhigem Ton und sanfter Manier, ohne aber je ins Detail zu gehen. Das Viertel, in dem er Kindheit und Jugend verbracht hatte, war ihm plötzlich zu einem fremden, unsicheren Ort geworden. Am liebsten hätte er vor sich hin gepfiffen. Das hatte er als Kind gemacht, um seine Furcht zu überwinden, wenn er sich verspätet hatte und erst nach Einbruch der Dunkelheit nach Hause ging. Seine Lippen schürzten sich, als würde ihm wirklich leichter, wenn er nur pfeifen könnte.

Er musste ein paar Viertel weiter gehen und seine Schwester finden; nur sie wusste wohl, wohin die Mutter gezogen war. Während er durch die Straßen hastete, rief er seine Erinnerungen zu Hilfe; je mehr er erinnerte, desto schneller würde er seine Verwandten finden. Es waren eigentlich keine schlechten Erinnerungen, und doch tat ihm die Vergangenheit weh. Er musste in das Alter gekommen sein, in dem Erinnerungen schmerzen. Ab einem bestimmten Alter schmerzen sie immer, ganz gleich, ob sie gut oder schlecht sind. Hatte er so früh schon dieses Alter erreicht?

Unter den Geräuschen, die aus manchen Häusern auf die Straße dringen, ist ein Knacken und Knistern, das entsteht, wenn geschickte Hände in einem bestimmten Rhythmus den Stößel in einem Bronzemörser bewegen, um Reis zu entspelzen. Akhbar hört dieses Geräusch aus allen anderen heraus. Und dann die Gerüche, die nach draußen strömen. In manchen Haushalten ist es noch üblich, wilde Raute und Schafgarbe zu verbrennen, um mit dem Rauch die Hausbewohner vor dem bösen Blick zu schützen. Hinter einigen Mauern macht Akhbar den Geruch von geklopften Teppichen und frisch gewaschenen Kelims aus. Solche wohlvertrauten Details lassen ihn hoffen, auf der richtigen Spur zu sein.

Ein Haus war für Akhbar gleichbedeutend mit dem kühlen, feuchten Geruch eines Kellers, in den steile, schmale Stufen hinunterführen. Vor jedem Fitzelchen Hitze, das sich dennoch diese Stufen hinunterschleichen sollte, wurden manche Lebensmittel ganz besonders geschützt, etwa die hausgemachten Würste, die man ganz nah an den feuchten Steinen der hintersten Wand aufhängte. Akhbar wunderte sich selbst, dass er solche Einzelheiten nach all der Zeit noch so frisch in sich trug, und da die Geräusche und Gerüche aus den Innenhöfen so vieles in ihm auslösten, fragte er sich, was wohl noch alles in ihm verborgen lag. Vielleicht gehörte auch das Heimkehren dazu.

In der Nähe des Hauses seiner Schwester sah Akhbar eine Frau dahineilen, deren breiter Schatten an der Mauer entlang glitt wie ein grauer Fleck, während der ein oder zwei Schritte vor ihr gehende Mann in seiner Hast den langen Umhang, den er trug, über den Boden schleifen ließ. Irgendwie stellte Akhbar sich vor, die Frau könnte seine Schwester sein. Auf diesen Gedanken brachte ihn der Gang der Frau. Seine Schwester stürzte nämlich auch immer so dahin, die Füße ganz nah beieinander. Der Mann vor ihr musste ihr Gatte sein. Er sah sein Gesicht nicht, doch von der Erscheinung her konnte es sein Schwager sein. Ihm kam in den Sinn, den beiden den Namen seiner Schwester hinterherzurufen. Ja, denn auch seine Schwester hatte den linken Fuß immer leicht einwärts gedreht. Er kannte den Gang. Diese Ähnlichkeit machte ihn fast sicher, aber dennoch hielt er sich zurück, denn wenn er sich täuschte, konnte ihm dieses Missverständnis ziemlichen Ärger einbringen. Es war vernünftiger, wenn er seine Schritte beschleunigte und versuchte, einen Blick auf das Gesicht des Mannes zu erhaschen. Erst dachte er, die beiden seien auf dem Nachhauseweg, aber dann kam er zu dem Schluss, sie hätten vielmehr eine Nachricht bekommen und müssten ganz schnell irgendwohin. Verheiratete Paare gingen auf der ganzen Welt langsam und mit hängenden Schultern nach Hause. Sie wussten ja, was sie dort erwartete.

Als er sie beinahe eingeholt hatte, bogen die beiden in eine andere Straße ein, aber in der falschen

Richtung. Gleich danach drehte der Mann sich um, als wollte er sich vergewissern, ob da jemand hinter ihm herging. Sie sahen sich an. Mochte das Gesicht des Mannes auch noch so sehr von dem dichten grauen Bart verborgen sein und dem ausgefransten tabakfarbenen Turban, der ihm zu weit in die Stirn hing, so war doch klar, dass es nicht sein Schwager war. Außerdem lag die Straße, in der seine Schwester wohnte, linker Hand. Er hatte also umsonst gefiebert und gehofft. Das Leben hatte ihm nie geholfen, warum sollte es das jetzt tun? Er ging nach links. Seine Schritte und die der beiden Fremden entfernten sich hallend voneinander.

Als er schließlich beim Haus seiner Schwester anlangte, setzte schon die Dämmerung ein.

Die Tür öffnete ihm ein junger Bursche, der älteste Sohn des Hauses. Die Arme hingen an seinem Körper herab fast bis zu den Knien, als stünde er in Habachtstellung da. Obwohl er gerade erst einen Anflug von Bartwuchs hatte, wirkten seine Augen wie die eines alten, lebenserfahrenen Mannes. Es lag nicht die geringste Frische in seinem Blick. Kurz flackerte in Akhbar der Gedanke auf, dieser Junge könne sein Neffe sein, doch selbst im Halbdunkel war zu erkennen, dass er sich getäuscht hatte.

»Das müssen unsere Vormieter gewesen sein. Sie

sind weggezogen, in den Süden. Sie sind nicht mehr in der Stadt«, sagte der Junge.

»Warum?«, fragte Akhbar, als ob der Junge alles wisse.

»Wahrscheinlich, weil ihr Sohn gestorben ist. Hier im Haus. Da wollten sie hier nicht mehr wohnen. Deswegen habe ich mir das gemerkt. Ein toter Junge in meinem Alter.«

Akhbar überschlug, dass sein Neffe, wenn er noch lebte, ein Heranwachsender im Alter jenes Jungen sein müsste. Das versetzte ihm einen Stich. Er konnte sich an seinen Neffen als kleines Kind erinnern. Wie er ihn zum ersten Mal auf den Arm genommen hatte. Wie der Junge *Onkel* zu ihm gesagt hatte und sie miteinander Fußball spielten. Dem Jungen, der ihm nun gegenüberstand, musste sein Neffe seine Seele vermacht haben. Ein so junger Mensch kann nur so alt wirken, wenn sich die Seele eines Toten in ihm einnistet, so wie man in ein Haus einzieht.

Akhbar entfernte sich von dem Haus, das nicht mehr das seiner Schwester war, und ließ von dem, was in seinem Inneren zerbrach, wieder ein Stückchen zurück, während der Junge an der Tür einfach stehen blieb.

Dass Akhbar es noch an anderen Türen versuchte, ließ ihn nur noch verzagter werden. Die meisten Nachbarn waren weggezogen. Manche Türen wurden ihm nicht geöffnet, obwohl von drinnen Stimmen ertönten; manche Leuten fertigten ihn kurz ab, andere waren mit seiner Schwester seit Jahren verfeindet und wussten nicht einmal, dass sie nicht mehr hier lebte. Es brachte nichts, immer weiter an Türen zu klopfen. Die Leute wussten nichts, erinnerten sich an nichts, kümmerten sich um nichts. Wie in zahlreichen Vierteln der Stadt waren auch hier in den meisten Häusern Leute vom Land untergebracht, deren Dörfer geräumt worden waren.

»Der Krieg hat alles sehr verändert«, sagte ein alter Mann, der ihm die Tür öffnete.

Er trug einen weiten Umhang aus dunkler Wolle. Er sagte, er sei in die Stadt gekommen, um nicht in dem Haus zu sterben, in dem er geboren war. Vielleicht auch, um damit sein Leben zu verlängern. Er sagte das mit einem verschmitzten Ausdruck.

»Wir sind alle durcheinandergewirbelt worden. Zuerst haben wir mit den Nachbarländern Krieg geführt und dann untereinander. Jahrelang hat das gedauert. Die festesten Grenzen werden mit Toten errichtet. Niemand kann sie überwinden. Mit unseren Nachbarn werden wir nicht so leicht wieder in Frieden leben können, und mit uns selbst auch nicht. Die Toten stehen zwischen uns. Wo waren Sie denn, junger Mann, als das alles geschah?«

Das war kein Vorwurf, sondern einfach nur Neugier. Akhbar hatte das Gefühl, er müsse nun sagen, dass er jahrelang im Ausland gelebt hatte. Leicht verlegen kam ihm das über die Lippen, als fühlte er sich deswegen schuldig. Durch die halb geöffnete Tür sah Akhbar im Innenhof, der sich durch die langen Schatten der Abendsonne erweiterte, einen Mann mittleren Alters, der sorgfältig und voller Ernst an der Mauer aufgereihte Topfblumen goss, und plötzlich lag der Geruch frischer Erde in der Luft. Hinter geheimnisumwitterten Mauern Astern, Fuchsschwanz, Rosen und Geranien zu entdecken, die auf ein häusliches Leben deuteten, tat Akhbar gut.

»Für dich sind vielleicht nur ein paar Jahre vergangen, junger Mann, aber für uns hier war es ein ganzes Jahrhundert. Manchmal schüttelt die Geschichte ihren Staub innerhalb weniger Jahre ab. Anstatt hier verloren zu gehen, solltest du wieder dahin zurückkehren, wo du herkommst. Die Menschen, die du suchst, sind entweder tot oder verschollen. Selbst wenn du sie finden solltest, wären es nicht mehr die gleichen wie damals. Niemand kann uns so fremd vorkommen wie jemand, den wir einmal gut gekannt haben.«

Diese Worte hätten Akhbar gefallen, wenn er sie in einem Märchen gehört oder in einem Buch gelesen hätte, doch da sie an ihn selbst gerichtet waren, wollten sie ihm nicht recht ins Ohr; so machte alles, was der alte Mann sagte, Akhbars Herz nur noch schwerer.

Wenn er nicht weiterging, würde der alte Mann noch bis zum Morgen an der Tür stehen und reden. Dass Akhbar ihm fremd war, erlaubte ihm ein Ausleben seiner Geschwätzigkeit. Nicht das Reden an sich genoss er, sondern die Wörter.

Als Akhbar sich verabschiedete, sagte ihm der alte Mann, er könne jederzeit wiederkommen und sich mit ihm unterhalten.

»Wörter sind kein Geringes!«, sagte er. »Unterschätze sie mir ja nicht! Und vertraue ihnen!«

Der Abend sank nun endgültig herab, und alles begann in den elendmatten Farben der Dämmerung und in stumpfen Schatten zu verschwinden. Zugleich schlug sich ihm eine grundlose Beklemmung auf die Brust, die er in den hier verbrachten Jahren kennengelernt und immer in sich getragen hatte. Das geschah ihm stets bei Abenddämmerung und Sonnenuntergang; es war dies seine Seelenfinsternis. Was da an ihm nagte, kam erst mit der Nacht zur Ruhe, der wahren Nacht. Wenn es eine nach Gewürzen und Bitterkräutern duftende sternenklare Nacht war, dann konnte ihn sogar unbändige Lebensfreude erfüllen, die ihn alles vergessen ließ.

Die Dämmerung in seiner Heimat erkannte er zuerst an jener Beklemmung wieder. Sie lähmte ihn.

Es war nun gänzlich dunkler Abend geworden. Hier und woanders hatte Akhbar schon an vielen Tagen und Nächten erfahren, dass es ebenso viele Arten von Dunkelheit wie von Helligkeit gab. An jenem dumpfen, drückenden Abend, der etwas rußig Winterdunkles an sich hatte, das die Menschen ohne Atem und ohne Hoffnung ließ, trat die Dunkelheit als unheimliches Lebewesen auf, dessen Regungen man überall spürte. Sie war präsent wie ein vom Abend ganz unabhängiges Geschöpf, das mit jedem Seufzer bis in urgeschichtliche Zeiten zu atmen schien. Als ob mit Einbruch der Nacht alles nur noch schlimmer würde.

Obwohl die Stadt von einer Staubwolke überzogen war, versuchte Akhbar tief einzuatmen, sich zu stärken, seine Lebenskraft zu spüren. Er musste so bald wie möglich eine Unterkunft finden. Als Kind hatte er von Menschen gehört, die nachts in Moscheen oder in Heizräumen von Hamams schliefen, und schaudernd hatte er sich vorgestellt, was sie wohl aus ihren Häusern getrieben hatte. Verloren blickte er zum Himmel empor, als wäre von dort eine Antwort zu erwarten. Der Himmel war lichtlos wie in nördlicher Winternacht. Es war jene stumme, ungerührte Dunkelheit, die jeden einsam macht.

Ohne Bleibe stand er auf der Straße. Das war viel ärger als das Heimweh, das er in vielen Städten der Nachbarländer empfunden hatte. Mit Heimatlosigkeit kannte er sich schon lange aus: Der Schmerz, in einem fremdem Land zu sein, ist beseelt von einer heimlichen Freude, er schmeichelt dem Stolz des Fremden und macht ihn zum Helden seiner Einsamkeit. Dem Alleinsein in der Fremde wohnt eine seltsame Kraft inne, die den Menschen aufrecht hält, ja ihn über sich selbst hinauswachsen lässt. Nun aber war er nicht da, wohin er zurückwollte. Was ihm an dem Ort bekannt erschien, machte nicht wett, was ihm durch die Zeit entfremdet worden war.

Plötzlich fühlte er sich in der Welt so fremd und verlassen wie nie zuvor. Das schmerzte ihn wie eine offene Wunde. Es war ein Verlorensein, das ihm mehr Kraft abverlangte denn je, eine Einsamkeit, wie man sie nur in der eigenen Heimat erleben kann, unter den eigenen Leuten. Als sein freiwilliges Exil sich in ein erzwungenes verwandelt hatte und er ruhelos von Land zu Land zog, war ihm Trost und Aufmunterung gewesen, dass es ja einen Ort gab, an den er eines Tages zurückkehren würde. Dieser Ort war das Hier gewesen, doch das Hier war nicht mehr, was es einst gewesen war.

So stand er in seiner Verzweiflung, die von der Dunkelheit noch genährt wurde, in einer engen Gasse und führte Selbstgespräche, bis er schließlich dachte, dass solche Hoffnungslosigkeit verfrüht war und er sich unnötig grämte, weil nichts so war, wie er es sich vorgestellt hatte, und er versuchte sich wieder zu fassen. Es war doch sein erster Tag hier, und vielleicht waren hier viel schlimmere Jahre vergangen, als er einst vermutet hatte.

Er überließ sich ganz dem Duft von Kaktusblüten, der mit einem Mal in der Luft lag. Der Druck, der auf seinem Herzen lastete, begann nachzulassen.

Die Nacht lastete auf der Stadt wie heißer Teer, als Akhbar in einer der Herbergen an der alten Stadtmauer, die er von früher her noch kannte, in einem halbdunklen Zimmer zu schlafen versuchte.

Die dicken Steinwände, von denen der Putz bröckelte, schenkten Akhbar ein Stück von der Geborgenheit alter Zeiten. Das Fenster stand offen, doch regte sich nicht das kleinste Lüftchen. Er dachte an die Sommernächte seiner Kindheit zurück, als die Familien auf den Flachdächern Holzlatten und Matratzen ausgelegt hatten, und wie herrlich silbrig beschienen er damals dort geschlafen hatte. Die weißen

Moskitonetze, die um die Schlafstätten gespannt waren, hatten sich im sanften Nachtwind aufgebläht wie Segel. Wenn Akhbar damals, bevor er einschlief, das Moskitonetz ein wenig lüftete und zu den Betten auf den anderen Dächern hinüberblickte, sah er durch das Dunkel weiße Segelschiffe treiben. Durch die Nacht oder durch die Wüste. Der Wind brachte den Tagesmüden nicht nur Kühle, sondern auch heilende Träume. Er wiegte mit seiner Frische die von der Tageshitze Ermatteten in den Schlaf. Nun aber waren die Dächer verboten. Der Nacht und den Menschen. Das Regime verwehrte den Menschen die Dächer und damit zugleich den Schlaf.

Als Kind war er mit seinem Vater schon mal in der Herberge gewesen. Warum sie dort übernachtet hatten, wusste er nicht mehr; wahrscheinlich wollte er in der Erinnerung an den Vater Zuflucht finden, Geborgenheit. Als sein Vater starb, war er noch in der Grundschule gewesen.

Das Bett war ziemlich hart. Vor lauter Müdigkeit konnte er sich nicht entspannen. Er legte sich auf den Bauch, wühlte die Nase ins Kopfkissen und versuchte sich an den Geruch seines Vaters zu erinnern. Der Geruch von damals musste irgendwo noch vorhanden sein, und Akhbar hoffte, die geheimnisvolle Kraft der Vergangenheit werde doch dem behilflich sein, der sich so ums Erinnern bemühte. Schließlich war der Mensch ja nicht immer und unbedingt auf die Erinnerung angewiesen. Akhbar traute den dicken Wänden zu, die Zeit aufbewahrt zu haben, warum dann nicht auch den Geruch seines Vaters?

In dem festen Glauben daran, dass am nächsten Morgen bei Tageslicht alles ganz anders erscheinen werde, verfiel er dann in einen bodenlos tiefen Schlaf, als rolle er von einem Teppich hinunter, den die Zeit langsam auflöste.

In der Nacht ging leise die Tür auf. Sein Vater glitt ins Zimmer, ganz vorsichtig, um Akhbar nicht zu wecken. Er trug seinen goldfarbenen Überwurf, der glänzte wie die Sandkörner in der Wüste. Mit sanften Bewegungen ging er bis ans Bett. Als Akhbar Anstalten machte aufzustehen, bedeutete sein Vater ihm, sich nur ja nicht stören zu lassen. Dann setzte er sich behutsam an den Bettrand. Seine Augen waren wie frisch gemahlener Kaffee. Liebevoll legte er seine Hand auf Akhbars Stirn, wischte ihm den Schweiß ab und fuhr ihm durch die Haare; da begriff Akhbar, dass es kein Traum war. Immer wieder ließ der Vater Akhbars strähnige Haare durch seine Finger gleiten. Akhbar sog den Duft von Bernstein und Tabak ein. Glückselig lächelte er. Von seinem Vater war ihm nichts geblieben als eine Gebetskette aus Bernstein und eine silberne Tabaksdose mit einem geflügelten Löwen darauf. Das eine hatte er verloren und das andere verkaufen müssen. Was, wenn der Vater sie nun zurückwollte? Der Vater sah ihn an, und es stand ihm eine Freude im Gesicht, die Akhbar an einen großen stillen Garten im Frühling denken ließ. Er war so erfüllt von Glück, als habe er einen Granatapfel zerdrückt, dessen Samen nun auf sein Bett herunterfielen.

Der Vater löste die Perlmuttknöpfe seines Hemdes, wischte sich sanft den Schweiß ab, der ihm auf beiden Seiten den Hals hinuntertroff, und rang nach Luft. Dann lachte er Akhbar an, als ob er dessen Befürchtung erahnt hätte; und obgleich er viel rauchte, waren seine Zähne noch immer strahlend weiß. Da glich Akhbars Freude einem Schlag aufflatternder weißer Tauben. Der Vater warf vor lauter Lachen den Kopf zurück. Er würde also bestimmt nicht nach der Gebetskette und der Tabaksdose fragen; Akhbar hatte sich umsonst gesorgt. Er fiel in das Lachen seines Vaters ein. Was er nicht in Worte fassen konnte, wusste er doch im Herzen: Nur Weniges gab es auf der Welt, das so glücklich machen konnte wie ein gemeinsames helles Lachen von Vater und Sohn.

Sein Vater war ihm daher Geruch und Lachen geworden, und das war es, wonach er sich am meisten sehnte.

Er wusste, dass das Flüstern des Morgenwinds den Menschen mit der Welt versöhnen konnte, und

als er erwachte, spürte er in sich die Kraft eines Neu-
beginns. Er war erholt und gestärkt.

Verwandte fielen ihm nicht viele ein. Väterlicherseits
waren sie Nomaden gewesen, und da sein Vater früh
verstorben war, hatte er kaum jemanden kennengelernt. Die Familie der Mutter dagegen war klein.
An Festtagen war er nur zu einigen wenigen Verwandten gegangen, um ihnen die Hände zu küssen.
   Um seiner Mutter auf die Spur zu kommen, versuchte er, diese Verwandten ausfindig zu machen.
Sein Gedächtnis schien in einen Sandsturm geraten
zu sein. Stets war er umgeben von riesigen Staubkörnchen, von einer fleckig dunklen Wolke geradezu. Er erhoffte sich Hilfe von Erinnerungen gleich
welcher Art, von Assoziationen, und sandte, wo er
auch ging, nach allen Seiten stechende Blicke aus auf
der Suche nach tröstlichen Zeichen. Er freute sich,
einen kleinen Laden wiederzusehen, in dem er als
Kind Süßigkeiten bekommen hatte, doch wenn solche Funde auch immer wieder Hoffnung in ihm
aufkeimen ließen, so dauerte diese nie lange an. Mit
anzusehen, dass nach so vielen Umwälzungen die
bunten Gläser mit Schleckereien dort im Schaufenster standen wie eh und je, genügte Akhbar nicht.
Seine Suche blieb ergebnislos; es tat sich nichts, was
ihn wirklich hätte hoffen lassen. Die Türen blieben

stumm oder taub, die Straßen unwägbar. Selbst die Moscheehöfe, in denen er immer Ruhe gefunden hatte, empfingen ihn mit bedrückender Düsternis. Eine Handvoll Futter für die Tauben; das war alles. Männer, denen eine Hand oder ein Bein fehlte, hockten in Lumpen gehüllt am Boden und bettelten, und in den Kaffeehäusern, deren nackten Wänden man noch ansah, wo früher Bilder gehangen hatten, las man in den finsteren Gesichtern der Männer von etwas, das in der Ferne lag, in die Berge verkrochen, verbannt. Etwas, das nicht mehr zurückkehren würde. Und das doch – wie das Leben, wie Geschichten – untrennbar mit dem Menschen verbunden war. Selbst jemanden einfach nur anzuschauen, war schon ein Akt der Hoffnungslosigkeit. Man glaubte nämlich nicht, den anderen mit dem eigenen Blick zu erreichen. Jahrelang Ungesagtes hatte sich in den Gesichtern dieser Menschen abgelagert, hatte karges Schweigen und Einsamkeit hervorgebracht. Die Mienen waren leer wie die Wüste, abweisend wie ein Steilhang, formlos wie Sand, und die Gesichter einander zum Verwechseln ähnlich, gänzlich unscheinbar. Von der Sonne ausgebleichte Miniaturen waren sie, wie aufgequollenes Pergament, die Züge ineinander verschmolzen, und keiner ließ sich darin mehr erkennen, keiner mehr finden.

44

In dem Gewürzladen, den er betrat, ließen die Gerüche ihn schwindlig werden. So blieb er eine Weile drinnen. In Einmachgläsern und verstaubten Säckchen wirkten zahllose getrocknete Kräuter, Wurzeln und Blätter, die den charakteristischen Duft des Ladens verbreiteten. Akhbar ging schweren Schrittes umher, und mit kaum wahrnehmbarem Lächeln sagte er sich die Namen der Kräuter vor, die er riechen konnte: Koriander, Indigo, Gurkenkraut, Frauenhaar, Färberdistel, Löwenzahn, Süßholz, wilde Raute, Malve, Estragon, Dill, Mohnsamen. In Blechdosen jeglicher Größe mit verblassten Abbildungen darauf, in schmutzigen, undurchsichtig gewordenen Flaschen, in fest verschlossenen Gläsern, vergilbten Tüten und hölzernen Schubläden mit blindem Glas dufteten all die Kräuter um die Wette, als sollten sie Heilung in die Welt bringen. Es war, als ob er, heftig bedrängt von erinnerungsmächtigen Gerüchen, in seiner Vergangenheit längst Verschollenes neu sortierte. Er hatte seine erste Lehrzeit bei einem Gewürzhändler verbracht und die Welt erst durch Gerüche kennengelernt. Seine Nase war nun wieder unverbraucht und meisterlich wie die eines Kindes. War er nicht schon zu lange in dem Laden? Bevor er ihn verließ, kaufte er eine Tüte gezuckerten Fenchel und etwas getrocknete Selleriestängel, die er, zerrieben wie Pfefferminze, gerne zum Säuern des Essens verwendete.

Die Not des Tages, die wieder in ihm aufkeimte, hinterließ einen bitterstaubigen Geschmack in seinem Mund, gegen den auch die gezuckerten Kichererbsen nicht ankamen, die ihm seine Kinderfröhlichkeit wieder schenken sollten, und auch keine Tamarindenlimonade, aus schäumenden Kesseln ausgeschenkt. Staub, nichts als Staub.

Seine Mutter, seine zwei Schwestern und sein Bruder waren wie vom Erdboden verschluckt. Selbst das Marktgewölbe, in dem sein Schwager gearbeitet hatte, hallte nicht mehr von den fröhlichen Hammerschlägen wider, die einander zu antworten schienen und einem das Blut durch die Adern trieben und die Schritte beschleunigten; nur mehr ein dumpfes, dämmriges Raunen war zu hören. Die Kupferschmiede, die Schlosser, Gewürzhändler, Kichererbsen-, Fliesen- und Teppichverkäufer waren fort.

Schließlich trieb er doch noch Bekannte seines Schwagers auf, aber was er von ihnen erfuhr, machte ihn nicht froh: Die Familie sei weggezogen. In den Süden. Wohin genau, wusste keiner zu sagen. Es sei alles ganz schnell gegangen. Ja, der Sohn der beiden sei gestorben. Durch die Gegenwart seiner Frau sei der Schwager ständig an den Tod des Sohnes erinnert worden, und so habe er beschlossen, sich eine zweite Frau zu nehmen. Ob er das wirklich getan habe, war nicht bekannt. Der Tod ihres Sohnes hatte bei den beiden Schuldgefühle ausgelöst, mit denen sie nicht fertig wurden; nichts konnte ihnen mehr das Gefühl eines neuen Anfangs vermitteln. Akhbar erfuhr dies alles von einem Bekannten seines Schwagers, der mit Teppichen handelte. Der Mann schlug dabei einen ruhigen, distanzierten, fast gleichgültigen Ton an, als ob er von einem fernen geschichtlichen Ereignis berichtete. Nicht um einen Menschen, den sie beide kannten, schien es zu gehen, sondern um ein längst vergessenes Geschehen, um Leute, die der Zeit anheimgefallen waren. Über Akhbar kam eine Beklemmung, als sei er in der Wüste verschollen oder vom Gelbfieber geschüttelt.

»Im Leben mancher Menschen führt der Tod von Angehörigen zu unumkehrbaren Veränderungen; nichts ist mehr so, wie es einmal war. Man nimmt oft an, es sei doch immer so, aber weit gefehlt. Sobald manche um das, was ihnen genommen wurde, hinreichend getrauert haben, setzten sie ihr Leben wieder fort. Nicht weil sie herzloser sind als andere, sondern weil sie so sind, wie sie sind. Manche aber verstehen es nicht zu trauern. Sie trauern entweder gar nicht oder verwandeln ihr ganzes Leben in Trauer; vom Leben selbst aber bleibt dann nichts übrig.«

Während weiter hinten auf Kupfer eingehämmert wurde und das dumpfe Geräusch von im Mörser zerstoßenen Kichererbsen zu hören war, sprach der Mann so über Trauer und Tod. Es war, als gäbe es anderes nicht mehr zu besprechen. Auch früher schon war mehr über den Tod gesprochen worden als über das Leben, erinnerte sich Akhbar.

»Der Tod ist im Orient jedermanns heimlicher Beruf«, hieß es bei einem Dichter.

Wo Akhbars Schwester und ihr Mann jetzt waren, wusste der Mann nicht zu sagen. Ihr Sohn sei nach dem Regimewechsel von den *Soldaten des Islam* getötet worden, aus unbekannten Gründen. Dabei musste es sich wohl um ein Versehen gehandelt haben, ein politisches Motiv sei nicht zu erkennen gewesen, denn wie hätte ein Junge seines Alters dem Regime gefährlich werden können? Die Behörden jedoch räumten keinen Fehler ein, sondern beließen es bei vagen Andeutungen; nicht alles könne aufgeklärt werden.

Plötzlich verspürte Akhbar in seinen Beinen die Schritte jenes verwirrten Mannes, der Tag für Tag zur Sammelstelle an der Grenze ging. Dessen gehetzte Bewegungen fuhren ihm nun durch den Körper.

Seine Schwester und seinen Schwager hatte offensichtlich ein Schmerz vertrieben, mit dem sie nicht fertig wurden. Es würde äußerst schwer sein, sie zu finden.

Beim Verlassen des Ladens fühlte Akhbar sich noch ein bisschen verzagter. Als er sich durch die dumpfen, regelmäßigen Geräusche, die von Webstühlen und Schusterambossen her kamen, auf den Ausgang des Marktgewölbes zubewegte, der auf den größten Platz der Stadt hinausging, sah er in das grell erleuchtete Schaufenster eines Elektroladens und erblickte dabei sein Spiegelbild. Das blendende Weiß ließ sein Gesicht gespenstisch wirken, und lange sah er sich an, als sei er ein anderer; und dieses Schauen erschien ihm eine Notwendigkeit. Als Kind hatte er das Märchen vom verschollenen Wind geliebt. Vater Wind und Mutter Wind suchten die ganze Welt nach ihrem aufsässigen Kind ab, das zu den Stürmen davongelaufen war. Schließlich konnten sie es gerade noch erretten, als es zwischen den Stürmen schon zu einem kraftlosen Lüftchen herabgesunken war. In der schneeweißen Helligkeit, die ihn anstrahlte, fröstelte Akhbar; das Schaufensterlicht hatte sein Gesicht verschluckt.

Die meisten Läden, in denen sein um ein paar Jahre jüngerer Bruder einst als Lehrling und Geselle gearbeitet hatte, waren entweder geschlossen oder hatten den Besitzer gewechselt. Ein Mann sagte, er habe den Jungen nicht mehr gesehen, seit dieser noch ein halbes Kind war. Und überhaupt seien doch schon Jahre vergangen. Das war in einem Ton gesagt, als sei etwas sehr Besonderes damit gemeint. Nun war Akhbar sich zwar bewusst, dass die Jahre nicht für jeden gleich vergingen, doch musste hier etwas Gewaltigeres geschehen sein als irgendwo anders auf der Welt. Die Zeit war womöglich gespalten worden.

Akhbar fiel auf, dass er sich an kaum einen Schulfreund oder Arbeitskollegen seines Bruders erinnern konnte. Er merkte, dass er seinen Bruder gar nicht richtig kannte, nicht wusste, was für ein Mensch er war; es war sein Bruder, mehr nicht. Sie waren eigentlich nie sehr vertraut gewesen und hatten anderen Brüderpaaren kaum geglichen; weder hatten sie oft gestritten noch sich besonders gemocht. Es hatte nichts gegeben, was sie nicht hätten teilen können. Vielleicht hatten sie ja als Kinder erkannt, dass sie nicht viel gemeinsam hatten, und sich darauf verständigt, einfach als Brüder nebeneinanderherzuleben. So war ihr Bruderverhältnis über diese gedankliche Verbindung nicht hinausgegangen und ihr Zusammensein problem- und leidenschaftslos verlaufen. Von außen gesehen kamen sie gut miteinander aus, das war alles.

Die Märkte blieben stumm, die Läden, die er nicht mehr kannte, blickten Akhbar aus leeren Augen an. Er begriff nun, dass das wahre Exil erst begann, wenn man glaubte, wieder in der Heimat zu sein.

Vor der Mittagshitze flüchtete er sich unter die Arkaden, wo früher Karawansereien gewesen und nunmehr Geschäfte waren, und er versuchte, alles mit neuen Augen zu sehen, doch allmählich war ihm so, als habe er im Leben dieser Stadt nirgendwo mehr einen Platz und sei ein völlig Fremder, und mehr noch, als sei in der Stadt überhaupt kein Leben mehr.

Die Stadt hatte ihre Seele aufgegeben.

Wenn es in der Stadt auch noch irgendwo leise brodelte, so wirkte sie doch im Ganzen wie ein ausgetrocknetes Flussbett; sie nahm kein Leben mehr bei der Hand und wärmte auch keines mehr. Zwar kamen ihm hie und da bekannte Bilder unter, die anstelle von Tröstern die belebende Wirkung hatten, die von Dingen nun einmal ausgehen kann, doch erschien ihm die Stadt weder vertraut genug noch fremd genug. Sie war wie ein Gespenst, das den eigenen Leichnam hinter sich herschleift. Überall schien die Todesfurcht Gestalt angenommen zu haben. Nicht eine Furcht vor Gott aber war es, sondern eine Furcht vor den Menschen. Daher das Verschlossene in den Gesichtern. Die Grausamkeit war zum Puls des Lebens geworden und verströmte Argwohn und Unsicherheit, als fantasierte sie in ihrem eigenen Wahn. Die eisige Todeskälte, gegen die selbst die drückende Sommerhitze nicht ankam, hatte in den Herzen das Blut gefrieren lassen. Das Leben hier hatte sich vertagt.

Er sieht den raunenden Männermassen zu, die in stumpfer, fast uniformer Kleidung auf den Straßen unterwegs sind, als ob jeweils einer durch den anderen hindurchginge und einer des anderen Platz einnähme. Ihre Schritte künden von Starre und Unveränderlichkeit.

Allenthalben herrschte tiefe Trauerstimmung, die aber nicht nur dem Blutzoll geschuldet war, den durch Krieg und Umsturz jedes Haus hatte entrichten müssen, sondern dem allgemeineren Empfinden, dass man an Leben eingebüßt hatte. Die Hitze und die Passionsfeiern von Kerbela waren nicht mehr auf den Monat Muharrem beschränkt, sondern Bestandteil des Lebens geworden.

Akhbar ließ sich vom immer schnelleren Rhythmus seiner Schritte tragen. Er ging hin und her wie in einem Käfig; manchmal schneller, dann wieder langsamer versuchte er durch sein Herumgehen die Stadt zu erfühlen, blieb hin und wieder an einer Kreuzung stehen, als ob er eine Adresse suchte und sich vergewissern müsste, ob er überhaupt in der richtigen Stadt war, und bemühte sich, an die Straßen seiner Kindheit und Jugend zu glauben, an seine Vergangenheit, an sich selbst. Die Straßenverkäufer waren missmutig. Wo aufmüpfige Kinder mit ihrem Geschrei den Schleier des Überdrusses zu zerreißen trachteten, wurden sie von ihren Eltern oder von den mit Knüppeln bewaffneten Ordnungshütern schnell zurückgepfiffen. Dass diese jederzeit und überall unvermutet auftauchen konnten, tat zur ungesunden Atmosphäre der Stadt noch ein Übriges; sie waren Zeichen einer Macht, die jederzeit aus dem Hinterhalt zuschlagen konnte, stets über einen wachte, unentrinnbar war. Wie Gott war die Macht etwas Unsichtbares, dessen Präsenz aber überall zu spüren war. Genau so musste es sein.

Die Ordnungshüter zogen von morgens bis abends zu zweit oder dritt mit langen, dicken Knüppeln durch die Stadt, hatten jeden Winkel im Blick und sorgten mit härtesten Methoden für die Aufrechterhaltung der Ordnung. Eine zu laut sprechende Frau, einen Mann, der sich zur Gebetszeit auf der Straße befand, einen Verkäufer, über den jemand sich beschwert hatte, oder wen immer sie einer Ungebührlichkeit ziehen, ließen sie augenblicklich ihre langen Knüppel spüren.

Die Stadt war wie ein riesiger Gefängnishof. Vielleicht kam es daher, dass Akhbar ständig auf und ab ging. Seit seinem ersten Tag hatte er das Gefühl, nicht von der Stelle zu kommen.

Jemand, der erfahren hatte, dass Akhbar Tür um Tür nach seinen Angehörigen suchte, schickte ihn eines Tages zu dem Antiquar im alten Basar.

»Ein Antiquar?«, fragte Akhbar. »Wie soll der wissen, wo meine Familie ist?«

Der Mann, der in seinem Gesicht die Erfahrung vieler Jahre mit sich herumtrug, lächelte wissend, als wollte er sagen, dass das Leben viel mehr Geheimnisse berge, als man so allgemein annehme.

»Wer weiß, junger Mann«, sagte er. »Wer Bücher hortet, der hortet auch Menschen, Leben und Geschichten. Frag ihn ganz einfach mal. Wenn er deine Leute auch nicht kennt, so kann er doch von ihnen gehört haben. Der Buchhändler sammelt Wissen an, das zuerst völlig unnütz erscheint, aber irgendwann einmal von großem Wert ist. Schon viele haben ihn nach Verschollenen gefragt, und es heißt, in seinem Laden hätten manche sich wiedergefunden. Ein Versuch kann doch nicht schaden?«

Der Mann beschrieb den kleinen Laden so genau, dass Akhbar ihn auf Anhieb fand.

Der Antiquar sah aus wie aus einem früheren Jahrhundert. Weit über ein altes, perlmuttverziertes Lesepult gebuckelt, saß er da, in sein Buch vertieft wie in eine andere Welt, und als er aufblickte, brauchte er eine Weile, um ins Jetzt zurückzufinden.

Als wüsste er schon, was Akhbar zu ihm geführt hatte, griff er wortlos in das Regal neben sich und holte ein dickes Heft heraus, das knochenfarben vergilbt und aufgequollen war. In dieses Heft schrieb er alle Namen, die Akhbar ihm nannte. Es standen schon Hunderte von Namen darin, und manche davon waren durchgestrichen. Der Antiquar sagte die von Akhbar genannten Namen laut vor sich her, als versuchte er, Assoziationen zu wecken und seiner Erinnerung auf die Sprünge zu helfen. Er sprach mit dem schwer verständlichen, melodischen Akzent der Menschen aus dem Norden.

Nachdem er die Namen mehrfach und in verschiedenen Tonlagen wiederholt hatte, sagte er: »Nein, sie kommen mir nicht bekannt vor. Ich mag sie schon oft gehört haben, aber mir ist, als würde ich zum ersten Mal nach ihnen gefragt. Ganz sicher bin ich jedoch nicht. Mein müdes Gedächtnis kann mich täuschen. Ich muss die anderen Seiten des Heftes lesen und Vergleiche anstellen. Komm am besten in ein paar Tagen wieder. Hoffentlich hat nur mein altes Gedächtnis mich im Stich gelassen. Vielleicht hat doch jemand für dich eine Nachricht hinterlassen, eine Adresse, irgendeinen Hinweis.«

Hinter den dicken Augengläsern, die seine Pupillen grotesk vergrößerten, sah er dabei so eindringlich hervor, als ob er das Gesicht seines Gegenübers tief in sein Gedächtnis graben wollte. Akhbar fielen dabei die Engel ein, die nach dem Tod in unserem Sünden- und Tugendregister forschen und so die Entscheidung erleichtern, die einst über uns gefällt wird. Ist es nicht höchst natürlich, dass solch ein Engel, der sich nicht mit kurzsichtiger Lektüre begnügt, sondern einem Menschen seine Lebensgeschichte aus dem Gesicht abliest, uns im Diesseits in Gestalt eines Antiquars begegnet?

»Wie hältst du es mit dem Lesen, junger Freund?«, fragte ihn unvermittelt der Antiquar.

Akhbar zuckte nur die Schultern.

Die beiden schwiegen, und Akhbar ließ seinen Blick über die Wände voller Bücher gleiten. Das Geheimnis des Lebens musste in einem davon verborgen sein. Aber bis man dieses eine fand, konnte das ganze Leben vergehen, und vielleicht starb man gar, ohne es je gefunden zu haben. Stets hatte er sich gefragt, ob sich das lohnte, und sich von Büchern daher ferngehalten. Wer viel las, dem reichte das Leben nicht aus, das wusste er schon. Die Welt der Bücher hatte etwas an sich, das das Leben verachtete, ja bedrohte. Und was war schon das Leben, über das so viel geschrieben wurde? War je ein Buch dem Leben gerecht geworden? Läden voller Bücher, Bücher voller Seiten, Seiten voller Wörter lösten schon immer eine Beklemmung in ihm aus und den Wunsch, so schnell wie möglich wegzukommen. Was sollten seine Mutter und seine Geschwister zwischen all den Büchern wohl zu suchen haben?

»Bist du einer von denen, die sich vor Büchern fürchten?«, fragte der Antiquar.

Das sollte nicht beleidigen, sondern war mit einem Lächeln gesagt.

Akhbar erschrak, als habe der Mann in seinem Inneren gelesen, doch war offensichtlich, dass er das nicht tat, während er ihn durch seine dicke Brille ansah. Wohnten aber Büchern nicht Zauber und Geisterei inne? Und wurden Zaubereien nicht vollführt, indem man aus orakelhaften Büchern las? Und schrieben nicht Zauberer ihre Geheimnisse auf Bücherseiten nieder, in rätselhafter Schrift und dunklen Zeichen, einer ganz eigenen Sprache nämlich, die darauf harrte, dereinst entschlüsselt zu werden? Und selbst wenn es nicht um Geister und Dämonen ging: Trug nicht jedes Buch das Geheimnis eines ureigenen Zaubers in sich? Was Akhbar so schreckte, war genau das. Der Deckel eines Buches erschien ihm wie das Tor zu einer unheimlichen Welt, aus der es kein Zurück gab. Er fürchtete, in der Wüste der Worte verloren zu gehen. Schon immer hatte er sich vor Worten gefürchtet. Worte empfand er als gefährliches Terrain, und so versuchte er, möglichst ohne sie zu denken. Sie waren ihm ein Hindernis zwischen sich selbst und der Welt. Schickte man sich an, die Welt mit Worten zu beschreiben, so war sie auf einmal erschreckend.

Auch der Antiquar, der offensichtlich sein Leben mit Büchern zugebracht und ihnen dunkle Mysterien entlockt hatte, wurde Akhbar ganz unheimlich. Aus seinen Blicken sprach nicht die Kraft der Lebens-, sondern der Leseerfahrung.

Der Antiquar merkte, dass Akhbar sich vor Worten und Büchern ängstigte, und um seine Befürchtungen zu zerstreuen und ihn zu beruhigen, setzte er zu einer langatmigen und recht überflüssigen Erklärung an, bei der er Wort für Wort betonte.

Etwas gereizt unterbrach ihn Akhbar: »Warum erzählst du mir das alles?«, und als der Antiquar, der sich von seinem Elan hatte mitreißen lassen, schließlich begriff, dass er so nicht würde fortfahren dürfen, sagte er die letzten Worte schnell heraus.

»Weil du ein Gesicht hast, dem man Worte anvertrauen kann. Weil dein Blick noch nicht vom eigenen Treiben blind geworden ist, sondern frisch auf die Welt sieht. Es gehen nun Hunderte von Menschen herum wie Gespenster, deren Blicke erblindet sind, weil sie nichts anderes widerspiegeln als ihr nacktes Inneres. Einer verschwindet im Gesicht des anderen. Und vom Gesicht des einen geht man zur Einsamkeit des anderen über. Es sterben ja manche an dem Schlag, den ein einziges Wort ihnen versetzt. Heute stirbt keiner mehr an Worten, denn keinem mehr sind sie irgend von Bedeutung.«

Von diesen Worten herab schenkte er Akhbar ein kleines, mit roter Seide gebundenes Heft.

Zum Abschied nahm er die Brille ab und lächelte Akhbar an.

Nicht mit sehenden, sondern mit nicht sehenden Augen blickte er ihn an.

Auch vom Haus entfernter Verwandter war er unverrichteter Dinge wieder zurückgekehrt. Alle Antworten, die er bekam, waren sich gleich. Zum Ausruhen ging er in ein Kaffeehaus. Er setzte sich auf einen niedrigen Korbhocker und lehnte sich gegen den verschossenen, sich auflösenden Wandteppich. An den nackten Wänden sah man deutlich, wo früher einmal Heiligenbilder, Unterglasmalereien und Ornamente gehangen hatten. Da die Wände nicht mehr gestrichen wurden, wirkte das Fehlen der Bilder wie ein von der Zeit hinterlassener Fleck und gemahnte so an sämtliche Bilder, die man dem Leben entrissen hatte. Wo etwas fehlt, wird man erst recht auf seine Existenz verwiesen. So war es auch mit dem Fehlen der Frauen in den Straßen der Stadt. Das neue Regime hatte das Bilderverbot noch weiter ausgedehnt und duldete nicht einmal Darstellungen der Propheten mit einem Schleier vor dem Gesicht. Selbst Griffelkästen mit kleinen Menschenfiguren darauf waren verboten worden. Die Machthaber sahen den Schöpfer als den alleinigen Gestalter an, und was der Mensch gestaltete, wollten sie nicht sehen.

Noch nie waren die Frauen so unsichtbar gewesen. Auf den Straßen und Märkten waren kaum noch welche anzutreffen. Die Frauen schienen sich aus dem Leben der Stadt völlig zurückgezogen zu haben. Ohne männliche Begleitung ging keine einzige mehr aus dem Haus. Und während man sich früher noch mit weiten Schals oder einem Tschador begnügt hatte, wandelten die Frauen jetzt in einem Stoffzelt mit Sichtgitter umher.

Keine ihrer Körperformen durfte aus der dunklen Stoffhöhle heraus den Menschen davon künden, dass sie Frauen waren. Sie waren nichts weiter als gehende und sich regende Zelte. Im Rascheln, das sie dabei hervorriefen, bestand ihre einzige Lebensäußerung, der einzige Ausdruck ihres Körpers.

Er trank ein paar Tassen bitterschwarzen Kaffee, als wollte er seinem entschwindenden Lebensgefühl damit wieder auf die Sprünge helfen. Es war noch nicht Hochsommer, doch wurde es schon früh am Tag ziemlich heiß. Die Mittagssonne stand dann über der Stadt wie eine staubige Fata Morgana. In der gleißenden Hitze sah man Staubkörnchen zittern. Wenn die Gehsteige zu dampfen begannen, leerten sich die Straßen, und die Menschen beendeten eiligst ihre Einkäufe und zogen sich in ihre

Häuser zurück. Wer dann noch draußen war, flüchtete sich von Schatten zu Schatten und machte sich schleunigst davon.

Akhbar dachte an den Vorabend zurück. In der Tageshitze lag die gleiche erstickende Hoffnungslosigkeit wie in der Abenddämmerung. Das lag nicht am Klima, sondern an etwas anderem, das durch das Klima erst sichtbar wurde.

Die wenigen Frauen, die noch unterwegs waren, mussten sich auf der Straße wie Flecke fühlen, die es sofort aufzuwischen galt, denn sie hasteten dahin und suchten in der Luft keine Spuren zu hinterlassen und wollten ihre Anwesenheit nicht in einen Anblick und ihren Anblick nicht in eine Bürde verwandeln. Man merkte ihnen den Eifer an, nicht nur der Hitze zu entfliehen, sondern gänzlich von der Bildfläche zu verschwinden. In jenem drückenden Klima, in dem sogar eine aufgewirbelte Staubwolke lange brauchte, um sich zu legen, wollten sie so schnell wie möglich weiter. Während die Frauen sich jahrhundertelang geschmückt hatten, um gesehen zu werden, versuchten sie nun vielmehr, sich unsichtbar zu machen.

Akhbar dachte, dass auch er einen Ort brauchte, um sich vor der Hitze zu verstecken.

Seine sehnsüchtige Vortragsart hatte etwas Altmodisches und zugleich Künstliches an sich. Mochte er auch heruntergekommen aussehen, so versuchte er sich doch am würdigen Ton der großen Sänger, der ihn einstmals gefangen hatte.

Der Blinde, der neben dem Eingang der Moschee vor sich ein Taschentuch ausgebreitet hatte, sang Liebeslieder und erhoffte sich von den Passanten eine milde Gabe. Das ärmliche Blinken der wenigen Münzen auf dem Tuch ließ den Anblick noch dürftiger wirken. Akhbar zählte innerlich auf, was der Mann wohl in sich sah, und verglich es mit dem, was sein eigener verkümmerter Blick noch wahrnahm.

Nachdem er sich am Brunnen der alten Moschee Gesicht und Hände gewaschen hatte, setzte er sich an einen schattigen Platz, um in Ruhe abzuwarten, bis die Hitze sich legte, und lehnte sich an den dicken Marmor, der seinem Körper Kühle verschaffte. Abgesehen vom müden Aufflattern Futter suchender Tauben war kaum ein Laut zu hören. Akhbar schloss die Augen, als verschanzte er sich vor der Welt. Mehr als dem, was er sah, vertraute er seiner Erinnerung. Die Gesichter der Menschen, die er liebte, waren ihm abhanden gekommen. Gern hätte er die Fotos von ihnen herausgenommen, doch trug er sie nicht mehr bei sich. Fotos waren Sünde. Ein Abbild zu machen, war Sünde. Den Schöpfer nachzuahmen, war Sünde. Seine Angehörigen mussten hier sein, und ihre Fotos waren in der Fremde geblieben. So war er nun ganz auf sein erlahmendes Gedächtnis angewiesen. Er versuchte sich jeden von ihnen einzeln vorzustellen. Manchmal sieht das Gedächtnis besser als die Augen und sehen geschlossene Augen mehr als geöffnete.

Seine Verwandten waren einmal hier gewesen.

Und irgendwo mussten sie immer noch sein.

Das Plätschern des Brunnens beruhigte ihn. Etwas, das ständig in ihm rumorte, kam allmählich zum Stillstand. Auch er verfiel nun in den dösenden Zustand der Männer ihm gegenüber, die im Derwischgewand an der Wand lehnten. Keiner von ihnen strahlte die innere Ruhe aus, die Gottvertrauen doch verleihen soll. Ihre verschlossenen Gesichter drückten nichts als Angst und zähes Bangen aus. Sie waren wie Menschen, die noch fortlebten und sich weiterschleppten, obwohl ihr Leben längst zu Ende gegangen war.

Auf manchen Gesichtern aber machte sich eine Entspannung bemerkbar, ein Sichgehenlassen; dort löste sich die Starre des Ausdrucks ein wenig, und sie glichen wieder den Gesichtern, die er aus der Kindheit kannte. Den Gesichtern, die ihm Heimat waren. Und die auch dem Leben gleichsahen.

Der kühle Marmor, das Brunnenplätschern, das Gurren der Tauben und die im Schlafe aufseufzenden Menschen bewirkten, dass er sich nach einigen Stunden besser fühlte. Als er aufstand und seinen Körper reckte, fühlte er sich fast glücklich. Er kam sich gereinigt und erleichtert vor. Wann immer er sich in einem Moscheehof ausruhte, sammelte er Kraft und Lebensfreude.

In der Abendkühle stürzte er sich wieder auf die Straßen und Märkte. Er biss sich an dem Gedanken fest, dass zwischen all den Dingen, die es durcheinandergewirbelt hatte, doch auch einige sein mussten, die ihm treu geblieben waren. Die Dinge, die seine Augen das Sehen gelehrt hatten, konnten doch nicht samt und sonders verschwunden sein! War nicht dies der Boden, der seinen Augen ihre Farbe verliehen hatte? Waren die Feuchtigkeit dieses Bodens und Akhbars Tränen nicht Brüder? Erkannte denn der Boden seine Menschen nicht wieder? Nahm er sie einzig zum Sterben in sich auf?

Vor den Läden, die sich wieder belebten, goss

man Wasser auf den Boden, um das Fieber der Stadt zu lindern.

Sobald die Hitze erträglicher wurde, waren auch wieder mehr Frauen unterwegs, und in der Hoffnung, eine davon könne seine Mutter und eine andere seine Schwester sein, musterte er eindringlich die Vorbeikommenden und suchte an ihnen etwas auszumachen, irgendeine Bewegung, eine Gebärde, die durch die Falten der Burka hindurch einen Hinweis darauf geben konnte, wer sich dahinter verbarg.

Gekennzeichnet waren die Frauen auf der Straße zuerst durch ihre männlichen Begleiter. Ihre Ehemänner, Väter, Brüder. Akhbars Augen hofften neben den Frauen auf ein Gesicht zu treffen, das dem seines Bruders ähnelte. Das Gesicht seines Bruders sollte ein Zeichen für die anderen, die verschwundenen Gesichter sein.

Als er gegen Abend auf einen Freund seines Bruders stieß, erfuhr er die bittere Wahrheit: Sein Bruder war tot. Akhbar schnürte es die Kehle zu. Für die Tränen, die ihm brennend in die Augen schossen, war es schon spät, das wusste er. Sie mussten aus einem Fleckchen seines Herzens kommen, von dem er vorher nichts gewusst hatte. Er atmete stoßweise, als wollte er sich damit beruhigen. Schuld, Reue, Scham und noch andere, nicht benennbare Gefühle wühlten ihn auf. Nie zuvor hatte er seinen Bruder so geliebt wie jetzt. Er war selbst erstaunt über all die Liebe, die sich ohne sein Wissen in ihm angesammelt hatte. Sosehr er sich zu beherrschen suchte, konnte er doch nicht verhindern, dass ihm ein paar dicke Tränen herabflossen. Nicht nur die Trauer über den Tod seines Bruders brachte ihn zum Weinen, sondern auch die Freude, seine Liebe zu ihm überhaupt entdeckt zu haben. Diese Freude machte seine Trauer umso schlimmer.

Ach, hätten sie doch wirklich Brüder sein können!

Längst vergessene Erinnerungen, die erst in solchen Momenten wieder hervorkommen, traten ihm mit verblüffender Lebendigkeit vor Augen. In irgendeinem Sommer in alter Zeit beugen sich zwei Kinder über einen Brunnen, halten sich bei der Hand und rufen hinunter:

»Eeeeeooooo!«

Diesen Ruf von damals, als er zum ersten Mal ein Echo hörte, vernahm er nun in aller Deutlichkeit. Mit seiner jetzigen Hand drückte er die Hand des Brüderchens und ließ sich das Echo durch den Kopf hallen.

»Als du starbst, war ich nicht da. Verzeih mir, Bruder!«

»Eeeeeooooo!«

So hatten seine Augen also ganz vergeblich nach dem längst wieder zu Staub gewordenen Bruder gefahndet, hatten von morgens bis abends die Straßen abgesucht, auf denen es früher immer nach Pflaumen, Aprikosen und Pfirsichen geduftet hatte, all die Plätze, auf denen sie herumgetobt und Fußball gespielt hatten, das nun überwachsene und von Müll übersäte Gelände, wo einst das Freilichtkino gewesen war – umsonst.

Neben den Frauen, die unter Stoffen verschwunden waren, hatte er ein männliches Zeichen gesucht, das nun aber unter der Erde verschwunden war.

Vielleicht waren alle Zeichen verschwunden.

Sein Bruder hatte sich also den *Soldaten des Islam* angeschlossen. Er war im ersten Krieg gefallen, ganz jung noch, und seinen Namen hatte man ins große Buch der Märtyrer eingetragen.

Der Freund seines Bruders drückte Akhbar mit feuchten Augen an die Brust: »Du musst dich freuen und stolz sein, denn du bist der Bruder eines Märtyrers.«

Dabei zitterte ihm die Stimme wie den Schulkindern, die vaterländische Gedichte vortrugen.

»Er hat für Gottes Wort sein Leben hergeschenkt, das muss dir Ruhm und Ehre sein. Sie alle sind an unserer statt gestorben. Unsere Herzen sind voller Toter.«

Akhbar sann über den Bruder nach, dem im Gegensatz zu ihm schon früh der Sinn nach Großem gestanden hatte, als Kind sogar schon. Als *Soldat des Islam* hatte er wohl nicht ein Märtyrer werden wollen, sondern ein Held.

Über den Verbleib von Akhbars Mutter und Schwester wusste der junge Mann nicht Bescheid. Die Schwester musste wohl längst verheiratet sein; zwei Frauen ohne männlichen Beistand konnten nicht existieren. Es mochte sogar sein, dass auch seine Mutter wieder geheiratet hatte. Nachdem der junge Mann das gesagt hatte, nagte er an seinen Lippen. Von Akhbars großer Schwester und seinem Schwager wusste er nichts, ja, er kannte sie nicht einmal. Seinen Bruder hatte er wohl erst kennengelernt, als jener schon bei den *Soldaten des Islam* war.

»Im Krieg und danach sind viele Familien umgesiedelt. Nomaden sind sesshaft geworden, Städter zu Nomaden. Während manche in ihre Dörfer zurückkehren, kommen andere aus den Dörfern erst an, und wir selbst kennen uns hier nicht mehr aus. So lange, bis die islamische Ordnung gefestigt und alle Feinde unterworfen sind, wird dieser Sandsturm wohl andauern. Vorläufig sitzt jeder in seinem eigenen Zelt.«

Dann legte der junge Mann seine rechte Hand auf die rechte Schulter Akhbars und nickte bedeutungsvoll mit dem Kopf, als wollte er messen, was seine Worte für eine Wirkung getan hatten.

Akhbar ging davon und dachte wieder und wieder an seinen Bruder. Er sah um sich herum und versuchte zu begreifen, wofür der Bruder gestorben war.

Die Straßen kamen ihm leerer vor denn je.

»Eeeeeooooo!«

Durch den Tod seines Bruders war die Welt noch leerer geworden, augenloser.

Gleichförmig flossen die Tage ihm dahin. Doch hielt er entschlossen daran fest, weiter nach dem zu suchen, was von seiner Familie noch übrig war, und solange das im Ausland gesparte Geld nicht verbraucht war, hatte er auch nicht vor zu arbeiten. Um mit seinen Verlusten fertig zu werden, brauchte er ganz andere Gefühle als ein schlechtes Gewissen.

Morgens stand er auf, wenn alles noch im Schlaf lag, und schon in den frühen Stunden, in denen die Stadt nur ihm zu gehören schien, suchte er nach Hinweisen auf seine Mutter und seine kleine Schwester, und er ging auch, obwohl es nicht viel Hoffnung versprach, ins Viertel seiner Freundin und setzte sich dort ins Kaffeehaus, um irgendetwas über sie in Erfahrung zu bringen.

Während er sich so herumtrieb, suchte er andauernd die Aufmerksamkeit der Frauen auf sich zu lenken, ob nicht doch eine ihn erkannte. Er musste in ihr Blickfeld geraten, das durch das schmale Sichtfenster der Burka so beschränkt war, dass den Frauen vieles entging. Ein paarmal hätte ihm das beinahe Scherereien eingetragen.

Er ließ sich den Bart stehen wie alle anderen, und sein schrumpfendes Gesicht glich immer mehr den bleichen Miniaturgesichtern der anderen Männer.

Auf dem Meldeamt stellte er fest, dass in den Registern großes Durcheinander herrschte. Seine Mutter und seine Schwester waren noch immer mit ihrer alten Adresse verzeichnet. Es hieß, solange keine Erbsachen vorlägen, könne man nicht genauer nachforschen. Selbst die Gefallenen waren nicht alle registriert worden. Manche galten offiziell noch als lebend, was oft zu einiger Verwirrung führte. Im Verzeichnis der gefallenen Märtyrer stand von seinem Bruder lediglich der Name, weiter nichts. Auch er wurde noch immer unter der alten Adresse aufgeführt. Dass ein Toter auf dem Feld der Ehre gefallen war, schien den Behörden zu genügen, alles Weitere kümmerte sie nicht. Die Aktualisierung der Register nach dem Krieg dauerte noch an, doch wie alles andere ging auch sie nur schleppend vorwärts. Akhbars Gewohnheit, durch Friedhöfe zu streifen, begann in jenen Tagen mit der Suche nach dem Grab seines Bruders.

Von den gefallenen jungen Männern hatte man zunächst an den Gewölben der Markthalle noch

74

große Fotos aufgehängt, die sich in das Gedächtnis der ganzen Stadt einprägen sollten, doch nach Inkrafttreten des Bilderverbots wurden sie abgenommen und hingen nun in der staubig-schillernden Nachmittagssonne nur mehr als Gebilde der Fantasie. Spruchbänder, mit Löchern versehen, damit sie vom Wind nicht zerrissen wurden, priesen die islamische Revolution, doch wo sie sich flatternd falteten, wirkten sie eher wie ein Stammeln.

Am Tag, nachdem er vom Tod seines Bruders erfahren hatte, empfand er plötzlich das Bedürfnis, laut auszusprechen, was er sich seit seiner Ankunft nicht einzugestehen wagte. Solange er nämlich nicht redete, würde es von selbst nicht verschwinden. Es mochte unter Verschluss sein, aber seine Gegenwart spürte er. Seit seiner Rückkehr hatte eine alte Empfindung immer öfter an sein Herz gerührt: Beim Abschied damals hatte er eine weinende Freundin zurückgelassen. Das Mädchen wusste zwar, dass er gehen würde, doch meinte sie, er würde bald zurückkehren. Das nämlich hatte Akhbar ihr gesagt. Er würde nur eine Weile in der Fremde bleiben und genügend Geld verdienen, um seinem Schicksal auf die Beine zu helfen und einen eigenen Hausstand zu gründen, und zugleich wollte er sein Fernweh stillen.

»Selbst das Fremdsein lässt sich genießen«, hatte er irgendwo gehört, und darauf vertraute er.

Auf das Genießen und auf die Rückkehr.

»Ich werde die Ferne berühren und dann wiederkommen«, hatte er zu seiner Freundin gesagt.

Aber so geschah es nicht. Zuerst dauerte es lange, bis er Arbeit fand, dann ließ er sich allmählich
von seinem neuen Leben dahintreiben, von den
Wellen, die ihn zu unbekannten Ufern trugen. Doch
war da keine Stadt und keine Gegend, an die er sein
Herz verloren hätte. Er merkte, dass er sich nicht
leicht an etwas band und – gleich vielen Männern –
lieber nach Lust und Laune in den Tag hineinlebte,
ohne dem Leben etwas zu versprechen. Das war
ihm ebenso viel wert, wie seine Freundin ihm wert
war ... Die beiden schrieben sich. Er hielt sie hin,
hielt sich selbst hin, verschob die Zukunft. Dann
brach der Krieg aus, und später übernahmen die
Soldaten des Islam die Macht. In der Plötzlichkeit,
mit der beides geschah, steckte natürlich in Jahren
Angesammeltes. Im Orient staute sich alles ganz
langsam an, um sich dann plötzlich zu entladen. Aus
Akhbars gebeuteltem Land kamen fortwährend un-
gute Nachrichten. Entsetzt verfolgte er über Zeitung
und Fernsehen, dass in seiner Heimat Dinge ge-
schahen, die selbst in anderen islamischen Ländern
auf Ablehnung stießen. Er wollte nicht mehr nach
Hause, fürchtete sich. Er wusste nicht, in was für ein
Land er da zurückkehren würde. Eine Weile schon

konnte er mit seiner Familie nicht mehr kommuni-
zieren. Auch mit seiner Freundin nicht ... So vergingen in diesen stürmischen Zeiten einige Jahre, in
denen es ihn von Land zu Land verschlug. Irgendwo
im Herzen trug er seine Freundin weiter, gedachte
ihrer liebevoll. Die Vorstellung ließ ihn nicht los, wie
er sie weinend zurückgelassen hatte, mit ihren großen smaragdenen Augen, den dichten Wimpern, der
hohen, schlanken Gestalt, die sie aussehen ließ wie
die verliebten Mädchen auf Miniaturen. In einem anderen Teil seines Herzens jedoch hatte er sich un-
umkehrbar weit von ihr entfernt. Beim Verlassen der
Heimat hatte er sich ein neues, ein anderes Leben er-
hofft, und was er sich mit der Zeit geschaffen hatte,
war ja auch ein neues und war auch ein anderes Leben, doch gab es darin für niemand anderen Platz.
Die Tatsachen des Krieges hatten sich vor sämtliche
anderen Tatsachen geschoben. Und in gewisser Weise kam ihm das gelegen, ihm und seiner flüchtigen
Wesensart. Er fürchtete sich davor, im Fall einer
Rückkehr ohne Not der Feindseligkeit des neuen
Regimes ausgesetzt zu sein. Ja, er fürchtete sich. Vor
dem Heimkehren. Der Konfrontation. Dem Ungewissen. Vor den neuen Tatsachen seines ihm selbst
zum Rätsel gewordenen Landes. Mit anzuhören,
was über sein Land gesagt, erfunden, aufgebauscht,
übertrieben, zur dunklen Legende verdichtet wurde,

ängstigte ihn. Und was er nicht hörte, ängstigte ihn noch mehr.

Er bat das Leben um etwas Zeit. Doch Zeit gewährte das Leben denen draußen nicht mehr als denen drinnen. All die Jahre im Ausland hatten dem Unfertigen in ihm nicht abhelfen können. Er lebte mit einem Körper, der sich an den Grenzen der Seele eingerichtet hatte und weder darüber hinaus noch zurück konnte. Es war, als ob sein Körper in der Zeit vor sich hinpochte. Seine Träume hingen im Leeren wie er selbst und wählten sich nie ein Land zur Heimat.

Als es dann hieß, die Strenge des Regimes beginne nachzulassen, konnte er eine Heimkehr ins Auge fassen. Er war auch am Ende seiner Geduld angelangt. Die Tage hatten ihn verbraucht. Die Fremde hatte ihn verbraucht.

Seine Freundin war genauso noch hier wie seine Mutter und seine Schwestern. Zu den Frauenleibern, denen er seit seiner Ankunft unter jeder Burka auf die Spur zu kommen suchte, gehörte auch der ihrige, auch wenn er sich das zuerst nicht eingestand. Er war sich ziemlich sicher, dass er sie sogar unter diesen Stoffmassen erkannt hätte. Ihr schlanker Körper hätte das verblichene Zelt, in das er gesperrt war, an den Säumen aufflattern und sein Licht er-

strahlen lassen. Akhbar fiel das Seidentuch ein, das
seine Freundin sich um die Schultern schlang, mehr
zum Schmuck denn als Bedeckung, und die henna-
gefärbten Hände, mit denen sie das Tuch zusam-
menhielt.

Dass sie in seiner Abwesenheit geheiratet hätte,
schloss Akhbar aus. Sie war nicht von so schwächli-
chem Wesen wie er. Sie verstand es, zu warten, sich
zu gedulden, zu widerstehen. Schon als kleines
Mädchen war sie stärker und entschlossener als
Akhbar gewesen und hatte stets gewusst, was sie
wollte. Sie war rank wie die Zypressen auf alten Miniaturen und schmal wie der Zweig eines Himmels-
baums, doch was sie an Durchsetzungskraft verströmte, war geradezu beängstigend. Dass ein derart
zerbrechlich wirkendes Persönchen vor Energie
sprühen konnte wie ein Feuer speiender Drache, ließ
so manchen an irgendeinen Zauber denken. In der
Ferne hatte er sie stets so in Erinnerung behalten und
damit versucht, seinem Gewissen Erleichterung zu
verschaffen, obwohl er doch wusste, dass sie inzwischen schutzlos wie ein Kind sein musste. Noch lange hatte er sich innerlich nicht von ihr entfernt und
sie weiter als seine Freundin gesehen und empfunden. Zumindest dann, wenn er Heimweh hatte.
Heimweh ging bei ihm stets mit dieser Geschichte
einher. Zu wissen, dass ein Mädchen auf ihn warte-

te, tat ihm gut, verlieh ihm Kraft und Überlebenswillen. Wer nicht eine unvollendete Liebesgeschichte hinter sich ließ, dessen Heimweh war gewissermaßen nicht vollständig. Sich nach seiner Mutter zu sehnen, nach seiner Familie, konnte nicht genügen; wahre Sehnsucht bedurfte auch der Liebe. Und stärker als die Sehnsucht nach dem geliebten Menschen an sich wurde mit der Zeit das Bedürfnis, in der eigenen Lebensgeschichte überhaupt mit solch einer Liebe aufwarten zu können.

Eigensüchtigerweise wollte Akhbar – obwohl er kein Recht darauf hatte –, dass das Mädchen auf ihn gewartet hätte, und zugleich hoffte er, es sei doch nicht so. Sollte sie wirklich all die Zeit über seiner geharrt haben, so wusste er nicht, wie er sein Glück darüber ihr und auch sich selbst vergelten konnte. Wenn der Mensch vom Leben mit Geschenken bedacht wird, die er nicht zu vergelten weiß, dann wird er mit der Scham darüber nicht fertig. Der Stolz, der bei flatterhaften Männern hinter dem Wunsch nach Unabhängigkeit steckt, soll oft nur über Schwächen hinwegtäuschen. Eine Schuld des Herzens kann Männer ihrer ganzen Kraft berauben.

Wenn man es nüchtern betrachtete, musste Akhbars Freundin längst verheiratet sein. Etwas anderes war kaum möglich. Akhbar hatte sich nie entschieden genug darum bemüht, ihr noch Hoffnungen zu machen. Die treibende Kraft war ohnehin eher seine Freundin gewesen, und die Gefühle und die Geschichte dieser Liebe hatte im Namen aller beider immer sie geschrieben. So war es mehr ihre Geschichte als seine. Wie vermutlich bei den meisten Frauen. Sie waren es, die aus einer Liebe eine Geschichte machten. Das Feuer, das die beiden in der ersten Zeit noch in langen Briefen entfachten, war durch die Stille der letzten Jahre erloschen. Das Herz des noch blutjungen Mädchens mochte längst für einen anderen schlagen. Was zunächst eher ihre Geschichte gewesen war, blieb von jetzt an vielleicht gänzlich Akhbar überlassen. Und da man nach allem, was er hörte, die Frauen in dem Land unter Verschluss hielt, war es höchst wahrscheinlich, dass sie schon lange von ihrer Familie verheiratet worden war und nun Kinder hatte. An sie noch zu denken, hatte keinen Sinn mehr. Und dennoch zog es ihn schon bald zum Viertel des Mädchens hin, zu ihrem Haus, ihrer Tür. Er fühlte, dass er nichts mehr zu verlieren hatte. Was machte es schon, wenn seiner Vergangenheit noch ein weiteres Stück abhanden kam? Sie war schon geschrumpft, so weit es nur ging. Seinem Dasein an sich konnte das nichts mehr anhaben, denn von dem, was man Leben hieß, war es längst schon gelöst. Ein Band suchte er, nichts als ein Band.

Das Viertel seiner Freundin lag weit vom Stadtzentrum entfernt. Dort hinauszufahren, war ihm nun ein sehnlicher Wunsch. Er war sich fast sicher, dass sie dort auf ihn warten würde.

Die alten Busse mit der großen Kühlerhaube, die immer so laut gedröhnt hatten, waren durch neuere Modelle ersetzt worden, in denen aber nun Männer und Frauen getrennt fuhren.

So aufgeregt er insgeheim sein mochte, als er sich schließlich auf den Weg machte, so fühlte er doch, wie unsinnig sein Unterfangen war; aber dennoch: Wenn er nicht alles vor der Heimkehr Erträumte erledigte, würde er ein großes Manko verspüren, als sei er überhaupt nicht zurückgekehrt. Die Welt, die wir uns erträumen, müssen wir der Welt entgegenhalten, sosehr diese sich auch sträubt …

Wie jeder, der sich schuldig fühlt, war auch Akhbar voller Zweifel und Widerstreit. Gegen die Verwirrung seiner Gefühle kam sein Verstand nicht mehr an.

Woandershin brauchte er nicht mehr zu gehen. Er war in die Stadt zurückgekehrt, in der er geboren und aufgewachsen war, und innerhalb weniger Tage hatte er gesehen, dass niemand und nichts ihn dort erwartete. Wenn dies eine Niederlage war, so musste sie vollständig sein, so hart sie ihn auch traf. Und doch ließ er sich von dem Gedanken verführen, dass irgendwo noch ein Ausweg seiner harrte, der ihm bisher noch nicht in den Sinn gekommen war. Wie alle Fortziehenden hatte auch Akhbar seine Kraft aus dem Gedanken bezogen, dass Menschen ihn zu Hause erwarteten. Sich deren Existenz zu versichern, war ihm nun nötiger als alles andere. Seine ganze Vergangenheit war so unsichtbar geworden wie die Frauen unter ihren Burkas. So wie unter den raschelnden Stoffschichten ein unsichtbares Leben weiterging, so war auch seine Vergangenheit lediglich verhüllt. Er wusste nicht, was aus den Seinen geworden war, aber er musste es erfahren.

Das Viertel, in dem seine Freundin gewohnt hatte, war durch den Krieg zur Hälfte dem Erdboden gleichgemacht worden, während die andere Hälfte mehr oder weniger aus Ruinen bestand. Die nach traditioneller Art aus luftgetrockneten Ziegeln gefertigten Häuser der Randbezirke waren samt und sonders zu Staubhaufen geworden. Aus dem Straßengeflecht, das kaum mehr wiederzuerkennen war, stachen vereinzelt neue, moderne Gebäude heraus. Der Krieg hatte sich in jener armen Gegend von seiner unerbittlichsten Seite gezeigt und niemand seine Spuren verwischt. Was Akhbar sah, stürzte ihn in noch tiefere Abgründe; er wusste überhaupt nicht mehr, wie er nach seiner Freundin suchen und wen er überhaupt fragen sollte. Schließlich verlegte er sich darauf, sich als Bekannten ihres Vaters und ihrer Brüder auszugeben und sich nach jenen zu erkundigen.

Es dauerte eine Weile, bis er die Straße wiederfand, durch die er früher so oft gegangen war. Sie war ihm mit Geranienduft und doldenbeladenen Mauern im Gedächtnis geblieben, während sie nun zerbombt und von eingestürzten Häusern gesäumt war. Als er schließlich vor dem Haus seiner Freundin stand, packte ihn das Entsetzen: Da die Mauer des Innenhofs völlig eingefallen war, offenbarte sich das Haus bis in die hintersten Innenräume wie ein aufgeschlitzter Menschenbauch. Das säulendicke Steingitter des Balkons, auf dem er seine Freundin an so manchem Frühlings- und Sommerabend hatte stehen sehen, war einfach zerborsten, während kleinere Steine zerbröselt waren. Die Fensterhöhlen starrten Akhbar an wie ausgestochene Augen. Wann war dies geschehen? Waren seine Freundin und ihre Familie damals in dem Haus gewesen? Ihm wurde ganz schwarz vor Augen, und das Herz zog sich ihm schmerzlich zusammen. Er war sich nicht einmal sicher, ob er die Antwort auf seine Fragen wirklich wissen wollte. Aber sie ließen ihn nicht los. Vielleicht war die Familie schon vorher weggezogen, und es war ihr nichts zugestoßen. Der tiefschwarze

Verdacht, seine Freundin könne umgekommen sein, wollte sich gar nicht erst in Worte hüllen lassen.

Als ließe sich zwischen den Trümmern irgendetwas finden, das dem Geschehenen einen anderen Verlauf geben könne, begann er ziellos in den Straßen umherzuwandern. In den Beinen spürte er erneut die Schritte jenes verwirrten Mannes, der Tag für Tag zum Sammelpunkt in der Nähe der Grenze ging.

In dem Viertel, das mit behelfsmäßigen Gebäuden seine Wunden zu heilen suchte, setzte Akhbar sich stundenlang in das allzu neue, allzu farbenfrohe und damit wie ein Fremdkörper wirkende Kaffeehaus und hielt in der Hoffnung, jemand kenne vielleicht die Familie seiner Freundin, mit diesem und jenem ein Schwätzchen. Schließlich trieb er auf diese Weise jemanden auf. Wenn der Mann auch so manches Widersprüchliche von sich gab, so ging aus seinen Worten doch hervor, dass die Familie schon kurz nach Ausbruch des Krieges in ihr Dorf zurückgekehrt war. Ob die Tochter geheiratet habe, wusste er aber nicht zu sagen. Es war Akhbar aber ein Trost, dass die Familie zumindest nicht unter den Trümmern des Hauses begraben worden war. Was für ein Leben seine Freundin in jenem Dorf erwartete, das durfte er sich gar nicht mehr vorstellen, so viel hatten ihn die toten Fensterhöhlen gelehrt, die aus den Trümmerhäusern ins Nichts blickten. Die endlose Leere des Nichts, die sich beim Blickwechsel mit diesen Fenstern in ihm auftat, hatte ihn und seine Fragen verschluckt.

Ob die Frauen, deren Gesichter er nicht sah, in ihren Burkas wohl die Leere dieses Nichts empfanden? Wie sah die Welt überhaupt aus, die sie durch die Fenster ihrer Burkas erblickten? Kam ihnen alles so tot vor wie ihm die leeren Fensterhöhlen? Wie sahen die Unsichtbaren die Welt, die ihnen verbot, gesehen zu werden?

Es fiel schwer, zu glauben, dass der alte Mann, der Akhbar nun stumm gegenübersaß, einst einmal ein berühmter Kaffeehauserzähler gewesen war. Nicht allein mit seiner verlotterten Erscheinung hatte das zu tun. Von den langen Wörtern, die den Menschen früher den Abend versüßten, wollte keines mehr – und sei es mit einer Nadel versehen – an ihm haften; kein Fantasiebild löste sich mehr von ihm und ging in der Umgebung auf, und seinem Gesicht, schwarz wie eine Backofentür, war weder ein Gefühl abzulesen noch ein Gedanke. Er sah niemanden an, und seine Blicke, längst stumm geworden wie er selbst, wanderten ziellos im Leeren umher und blieben nirgendwo hängen. Es drückte sich weder Kummer noch Ruhe in seinem Gesicht aus, sondern gerade das Fehlen von beiden, als hätte das eine oder das andere doch unbedingt vorhanden sein müssen.

Akhbar konnte von der Erscheinung des alten Mannes seine Augen nicht wenden.

Von Akhbar so lange fixiert, hob der Mann

schließlich den Kopf, und ihre Blicke trafen sich, doch anders als sonst sah der Mann nun nicht weg. Sein Blick war so voll wie der von Menschen, die etwas sagen möchten, ohne sich aber auf Wörter einzulassen. Nachdem er – als redete er nicht nur mit den Augen, sondern auch mit der Zeit – in stummer Intensität ungeniert mit Akhbar Zwiesprache gehalten hatte, lehnte er sich an die Wand. Akhbar verspürte im eigenen Rücken die Kühle der Wand, an die der Mann sich lehnte. Erst gingen die Achattöne der Wand in den Rücken des Mannes über, dann das Raue, von der Feuchtigkeit der Zeit schon Aufgequollene. Danach begann sich der Mann mit der Wand zu vermischen. Als stünde er langsam auf, war er allmählich in der Miniatur zu sehen, die an der Wand einmal gehangen hatte, und mischte sich unter die Gestalten dort. Vor jedermanns Auge geschah dies. Niemand aber gab auch nur einen Laut von sich. Es war eine Miniatur im alten Stil, von festem Strich und harmonischer Linienführung. Erst berührte der Mann das Blatt eines Baums, dann das Gras, und schließlich fasste er mit den Fingerspitzen den weiten Ärmel einer tanzenden Mädchengestalt und überließ ihn dem Wind; da ging ein Wogen durch die Miniatur, ein Schauern. Im Kaffeehaus wehte eine Brise.

Zuletzt winkte der Mann den im Kaffeehaus Verbliebenen zum Abschied noch einmal zu, ging dann tiefer in das Bild hinein und verschwand am Horizont. Während er dahinging, entrollte sich vor ihm ein Weg, von leichter Farbe und Gestalt, wie mit der Rohrfeder gezeichnet, und dieser Weg verlieh der Miniatur immer mehr Tiefe und Horizont und führte in eine andere Zeit hinein. Als der Mann verschwand, begann der Weg von seinem Ende her sich langsam aufzulösen; der Horizont schmolz dahin, und alles bildete sich zurück, bis die Miniatur wieder erstand wie zuvor. Der Kaffeehauserzähler war weg. Wo er gewesen war, wogte die Achatfarbe der Wand auf Akhbars Augen zu, als hätten sie miteinander Geheimnisvolles erlebt. In der Luft lag ein gelber flüssiger Rauch, der von niemandem sonst wahrgenommen wurde und zwischen Akhbar und der Wand hin und her floss. Die Wellenbewegung ließ Akhbar an einen Übergang zwischen zwei Zeiten denken, und so merkte er gar nicht, dass auf seinen Lippen schon lange ein zerstreutes Lächeln lag.

Wer ihn so unentwegt lächelnd, glückselig sinnend dasitzen sah, konnte ihn für einen Stammgast des Kaffeehauses halten, der sich mit Opium betäubte.

Was in den Kaffeehäusern der Außenbezirke so genüsslich geraucht wurde, war meist nicht nur Tabak, das wusste Akhbar schon länger. Die Leute fertigten nach traditioneller Art eine Mischung aus Tabak und Opium an und sahen dann auf die Welt mit verhangenem Blick. So konnten sie dem Leben gegenüber gleichgültig bleiben und zugleich ihre Gleichgültigkeit leichter ertragen. Die Sicherheitskräfte, die meist darüber hinwegsahen, konnten in solchen Lokalen jederzeit eine Razzia veranstalten und die Tür für unbestimmte Zeit versiegeln.

Dass sie zuschlagen konnten, wann immer es ihnen beliebte, machte sie umso stärker, denn ihr Wirken gründete nicht auf Gesetzen, sondern auf Zufall, Gelegenheit und Willkür.

»Ein Gesetz mag sein, wie es will, doch kann man sich darauf einstellen. Willkür dagegen verleiht dauerhaftere Macht, da alles passieren kann, und zwar jederzeit.«

Das sagte Selâh zu ihm, ein alter Freund, dem er später begegnen sollte. Er versicherte, der Staat selbst stecke hinter dieser Politik. Wer sich mit Opium betäube, mit dem habe der Staat leichtes Spiel, und für die Sicherheitskräfte sei die Angelegenheit sogar eine Einkommensquelle. Wenn auch immer von *Nebeneinkünften* die Rede sei, könne bei der Höhe der Schmiergelder behauptet werden, die wahre Nebeneinkunft sei das vom Staat bezahlte Gehalt. Das Geld herrsche nach wie vor mit eiserner

Pranke, nur die Korruption habe ihr Gesicht gewandelt. Mit den Spenden für die Kriegsopferhilfe seien einige Militärs und Sicherheitsbeamte reich geworden, während auf dem Feld der Ehre meist armer Leute Kinder starben. Ganz ohne Wut sagte Selâh das, ganz auf die Zeit bauend, die irgendwann ein mal Rechenschaft fordere.

Akhbar war so zermürbt, dass er kaum noch Leid oder Freude empfinden konnte. Je mehr er sich verschloss, umso mehr zogen ihn die Kaffeehäuser an, deren Wände von den bitteren Flecken der Zeit geschwärzt waren. Wenn er dort Tag für Tag stundenlang saß, hatte er dafür noch mehr Gründe als den Verdruss, der die anderen Gäste dort hintrieb. Bei ihm war es nicht nur Verdruss. Er konnte nicht benennen, was es war, aber eines wusste er – dass vaterlos aufgewachsene Jungen in Kaffeehäusern etwas suchen, das der Vaterliebe gleicht. Sie erleben dort einen Frieden, als würden sie im Schoße ihres Vaters schlafen. So konnte Akhbar stundenlang auf seinem Stuhl sitzen und stumm die Leute beobachten.

Er ging ins Kaffeehaus an der Brücke. Schon von Weitem sah man, dass es weniger verraucht war als sonst. Die Haschischpfeifen, die sonst zu unsteten Musikrhythmen geraucht wurden, waren offensichtlich nicht angezündet. Zwischen jener Art von

Musik und dem Genuss von Haschisch musste eine Beziehung bestehen; und das Zusammenspiel der beiden öffnete die Tore zu einer völlig anderen Welt. Die Leute kauerten auf dicht geflochtenen Matten oder harten Kissen, saßen im Schneidersitz auf den Holzbänken an der Wand oder thronten auf Hockern wie Falken auf einem Baum. Die Zeit zählten sie nur über die Perlen ihrer Gebetskette, die ihnen langsam durch die Finger flossen.

Zwischen den Männern, deren Seelen und Gesichter vom eigenen Ruß geschwärzt waren, saß er da und wartete. Ohne zu wissen, worauf. Vielleicht erwartete er etwas von jenen Menschen, die auf etwas warteten, das außerhalb ihrer selbst lag. Sie warteten auf etwas, das nur eine äußere Kraft bewirken konnte. Einzig und allein eine solche Kraft. Dass Akhbar gar nicht wusste, worauf er eigentlich wartete, begriff er erst jetzt; indem er diese Menschen fortwährend anschaute.

Wenn er sich im Ausland einsam fühlte, wenn grundloser Jammer ihn packte und dumpfe Schwermut ihn manchmal schier ersticken wollte, schob er alles dies auf das Fehlen der Heimat. Der Gedanke, dass er nur Heimweh hatte, war beruhigend; er schützte seinen Kummer vor dem Ungewissen. Für die tiefe Betrübnis, die ihn hier, zu Hause, ergriff, gab es keine Erklärung mehr. Die Enttäuschungen seit seiner Rückkehr erschlossen ihm nicht hinreichend, wie grundsätzlich fremd er sich fühlte. An seiner bloßen Existenz schien er zu leiden. Seine Seele trug zu schwer an seinem Leib; was er sein *Selbst* nannte, wollte nicht mehr das Fleisch mit sich herumschleppen, das mehr und mehr zu faulen begann. Akhbar hatte noch nicht erfahren, dass existenzielle Fragen und Alltagssorgen manchmal den Platz tauschen, damit der Mensch nicht nach dem wahren Ursprung seines Unbehagens fahnden muss und ihm eine Ausrede zur Verfügung steht, an die er auch glauben kann. So hatte Akhbar im Exil seine Lebensnot als Heimweh abgetan und jede seiner Sorgen unter diesen weiten Schirm gekehrt, der für alles und jedes herhalten musste. Nun aber wollte er aus seinem Körper heraus. Eine Weile schon empfand er seinen Körper wie eine Burka, in der er gefangen war.

Ihm war, als müsste am besten eine Frau verstehen, wie sehr er aus allem verbannt war, aus dem eigenen Körper sogar. Mit einer Frau über dieses Gefühl zu sprechen, hätte ihm gutgetan. Er sehnte sich geradezu nach einem Gespräch mit einer Frau, und sei es auch über das unwichtigste aller Themen.

Ihm fielen die Worte einer Frau ein, auf die er damals, im Ausland, nicht viel gegeben hatte. Sie lebte im politischen Exil, und Akhbar meinte, sie sei nur deshalb so wütend.

»Der Tschador ist der erste Schritt zur Burka«, hatte die Frau gesagt. »Er ist nicht das harmlose Kopftuch, das unsere Großmütter trugen. Er ist wie eine Brücke in unseren Köpfen. Wird Verhüllung erst zur Moral gemacht, dann geht es immer weiter so, nur finsterer und finsterer. Dann kennt die Verhüllung kein Ende bis hin zum Leichentuch.«

Akhbar erinnerte sich wieder an die raue, würzige Stimme der Frau, die so viel Traurigkeit verriet, als würde sie ein Gedicht vortragen oder ein Lied.

Die Frauen hier dagegen ließen wie körperlose Geister unter dem schwarzen Tuch, das sie verbarg, die Welt immer ärmer und leerer werden. Anstatt von ihrer Existenz zu künden und Fantasien über sich anzuregen, vegetierten sie unter unförmigen, verschossenen Stoffen dahin, die ihr Ich versteckten, doch als ein Leben ließ sich das nicht bezeichnen. Hinter hohen Mauern waren sie müde und traurig und mehr damit beschäftigt, sich zu verstecken, als wirklich zu leben. Im Gegensatz zu den anderen Männern, die abends zu Hause Frauengesichter sahen, hatte Akhbar wochenlang keines mehr erblickt und vergaß allmählich, wie sie aussahen.

Die Frauen, die als Mutter, Schwester und Freundin die Welt der Männer umfingen, waren mit allen

Anzeichen der Weiblichkeit aus den Straßen und dem Leben verschwunden. Sie waren nur noch eingesperrte Gestalten. Es fehlte der Zauber, der im täglichen Umgang von ihrem bloßen Dasein ausging, all das Geheimnis, die Poesie. Das Leben war verflacht und tönte nur noch hohl.

Wenn man vergaß, wie das Lächeln einer Frau aussah, dann war das, als verwelke die Sonne. Als ließe die Sonne nur noch ihre Hitze spüren, bliebe selbst aber unsichtbar, und als müsste man mit dieser Sonne nun leben und an sie glauben, indem man an den Mauern furchtsame Schatten sah. Durch das Fehlen der Frauen, die wie Verborgene unsichtbar unter uns leben mussten, war die Welt so verarmt, dass es Akhbar schmerzte, ja, ihn regelrecht ins Fleisch schnitt. Vielleicht kam es ihm deshalb so vor, als ob sein Fleisch verfaulte, sodass er seinen Körper am liebsten verlassen hätte. Auch dies war ein Heimweh. Er hatte vergessen, dass es nicht nur eine Art Heimweh gab.

Die vergessenen Bilder zeigen uns, dass unser Körper unwirklich ist. Dass der Körper verloren gehen kann, verweist darauf, dass auch die Wirklichkeit verloren gehen kann. Alles wird zum bloßen Verweis auf etwas. Das Verhüllen ist ein Verweis, der Tschador, die Burka ... Und je stärker dieser Verweis, umso mehr wird das Unsichtbare heilig gehal-

ten. Am besten soll alles so unsichtbar werden wie
Gott. Selbst wer sichtbar ist, dient nur als Zeichen
für Unsichtbares.

Unter den Burkas verschwinden nicht nur die
Frauen. Auch das Vorstellungsvermögen der Männer verbraucht sich. Die Gesichter der Frauen werden zur Wüste, und diese Wüste lässt nicht einmal
zu, dass die Frau als Fata Morgana erscheint. Die
Frau wird in einer Wüste, die aus ihr selbst heraus
entsteht, in ein Zelt verwandelt. Das Bild der Frau-
en verrottet in den Zelten, in die es gesperrt worden
ist. Zusammen mit den aus der Welt gestoßenen
Frauen ersterben auch die Augen der Männer, und
während sich die Vorstellung von den Frauen verliert, wird die Vergangenheit zunichte gemacht, die
Zukunft hoffnungslos, und Gedächtnis und Fantasie
verkümmern.

Dies alles kam Akhbar in den Sinn, weil seine Wahr-
nehmung sich zu trüben begann. Eine Weile schon
hatte er Mühe, sich seine Mutter, seine Schwester
und seine Freundin überhaupt noch vorzustellen.
Immer wenn er an sie dachte, versagte ihm das
Gehirn, und sein Gedächtnis geriet ins Stottern. Die
Gesichter der drei waren ihm fast völlig entschwun-
den, aber nicht nur sie, sondern die gesamte Weiblichkeit. Da Akhbar auf die Gesichter der geliebten

Menschen fixiert gewesen war wie ein Betender auf die Richtung nach Mekka, hatte er in der Aufregung der ersten Zeit gar nicht richtig begriffen, dass in seinem Land noch mehr verloren ging, nämlich eben jene Weiblichkeit. Auch sie also hatte er gesucht, als er vermeinte, unter jeder Stoffmasse nur nach seiner Mutter, seiner Schwester und seiner Freundin zu fahnden. Nun suchte er nach der *Frau an sich*, als liefe er einer Fata Morgana hinterher. Und er merkte voller Entsetzen, dass die Hälfte des Lebens weg war.

Die Hälfte des Lebens war weg. Die Hälfte des Lebens …

Und er verstand auch, was er damit verloren hatte: Der Mensch erinnert sich der eigenen Mutter, sobald er eine andere Mutter sieht. Gesichter kommen durch andere Gesichter neu in Erinnerung. Einem Mann fällt die geliebte Frau beim Anblick einer Passantin ein. Was uns verliebt macht, sind alte Gedankenketten, die bis zurück in unsere Kindheit gehen, während uns neue unsere jetzige Liebe in Erinnerung rufen, sie verstärken und erneuern. Und geweckt werden die Gedankenketten durch die Gegenwart anderer Menschen. Den geliebten Menschen lieben wir zusammen mit der Welt, die uns an ihn erinnert.

So sprach die andere Hälfte der Welt.

Nicht nur die Gesichter der Frauen waren fort, sondern auch ihre Stimmen.

Akhbar erinnerte sich an ein oft benutztes Sprichwort: »Das Lachen einer Frau ist eine Einladung an den Teufel.«

Alles Andenken an Frauen sollte nun gänzlich ausgelöscht werden. Auf Straßen und Märkten mussten die Frauen leise sprechen, da man glaubte, eine laute, deutliche Frauenstimme werde sogleich den Teufel auf den Plan rufen und alles an Aufreiz, was mit ihm so einherging. Immer wenn an Akhbars Ohr der zarte Klang einer Frauenstimme drang, erschien ihm sofort ein verhuschtes Frauengesicht dazu … Wie die bleichen, von der Zeit angenagten Gesichter auf verblassten Miniaturen verharrte es kurz in seinem Gedächtnis, verschwand dann wieder und hinterließ ein schwarzes Loch. Die Leere, die in seine Augen drang, schmerzte Akhbar.

In seiner Tag für Tag blasser werdenden Fantasie blieben die Gesichter, nach denen er sich sehnte, wie leere Höhlen zurück, die er mit seinem nachlassenden Gedächtnis zu füllen suchte. Das wurde ihm jeden Tag schwerer. Er brauchte Wochen, bis er begriff, dass selbst dann, wenn er die Mutter, die Schwestern und die Freundin finden sollte, in seinem Leben eine Lücke verbliebe, die er nicht würde füllen können.

Für das, was wir sehen, tragen wir Verantwortung. Jeder Blick gibt der Welt vom Gesehenen auch etwas zurück. Akhbar nun konnte der Welt nicht mehr in die Augen schauen, seine Augen brannten.

Sie brannten von dem, was sie sahen, und noch einmal auf eine andere Weise von dem, was sie nicht sahen.

Er stand an einer Kreuzung an der Hauptstraße und wartete auf Grün. Als er losgehen wollte, erkannte er auf der anderen Straßenseite seine Mutter und seine kleine Schwester, die aneinandergeschmiegt dahingingen. Seine Mutter hatte wie immer die Arme über dem Bauch gefaltet, was man schon von Weitem sah. Und seine Schwester ließ, wie schon als kleines Kind, bei jedem Schritt den Fuß ein wenig nach außen gleiten.

Akhbar hatte schon damals gedacht, das komme davon, dass sie so klein sei, und hatte gescherzt: »Wenn du weiter so gehst, dann wirst du nie größer, Schwesterchen!«

Akhbar hatte gewusst, dass er sie sofort erkennen würde. Er vertraute wieder auf seine innere Kraft und strömte über vor Dankbarkeit. Er war von Gott dafür belohnt worden, dass er tagelang Straße um Straße und Viertel um Viertel durchwandert hatte. Er hatte sie voller Glauben gesucht. Suchen an sich ist schon ein Glauben. Gott hatte das gesehen und ihn belohnt.

Als Akhbar auf sie zuging, ohne sich um die vorbeifahrenden Autos zu kümmern, erblickten auch sie ihn und waren gleich voller Aufregung. Er trat vor sie hin und sah durch die Burka hindurch, wie die Augen seiner Mutter vor Freudentränen glänzten. Seine Schwester weinte so schluchzend, dass er gar nicht verstand, was sie sagte.

»Es ist ja jetzt alles vorbei«, sagte Akhbar. »Wir sind wieder zusammen!«

Als er weiterging, sprach die Mutter: »Komm nicht zu spät heute Abend. Ich mache dein Lieblingsessen. Fleisch mit Kichererbsen. Dazu Bulgur mit Tomaten. Und Kartoffeln mit Safran und Zitrone. Und Auberginen mit Ei. Und Mohnbrot. Und eiskalten Ayran.«

Konnte Akhbar zuerst noch an sich halten, so weinte er nun los, als seine Mutter all die Gerichte aufzählte. Sie schluchzte dabei und sah so hilflos aus. Als ob ihr Sohn umso sicherer nicht mehr fortgehen würde, je mehr sie aufzählte.

Als die beiden davongingen, vor lauter Freude noch mehr aneinandergeschmiegt, sah Akhbar ihnen voller Liebe nach.

Es waren die Stunden, in denen man in Moscheehöfen, in Kaffeehäusern, unter Bäumen und im Schatten von Brunnen auf das Nachlassen der Hitze wartete. Im Mund wieder der gleiche Geschmack. Staub, nichts als Staub.

Wurde früher noch hinter hohen Mauern geschlachtet, geschah dies nun vor aller Augen, auf öffentlichen Plätzen. Man bekam Tiere zu sehen, die mit durchschnittener Kehle zuckend verendeten, als sei dies eine Jahrmarktsattraktion; und der Tod wurde dadurch banalisiert und das Blut legitimiert. Ergänzt wurde dieses Schauspiel durch Hinrichtungen, die man nun ebenfalls in aller Öffentlichkeit vollzog. Das Stück von Schuld und Sühne wurde in einer Weise aufgeführt, die jedermann sofort verständlich war. Bilder vom Tod sind immer so deutlich, dass sie Missverständnisse ausschließen. Und ein Tod, der jederzeit auftreten kann, ist der größte Trumpf in Händen der unsichtbaren Macht. So war es nun.

Da die Friedhöfe nicht mehr ausreichten, wurden die alten erweitert und neue angelegt. Als auch diese voll waren, wandelte man kurzerhand freie Plätze innerhalb und außerhalb der Stadt ebenfalls in Friedhöfe um. Dort, wo noch keine Zypressen wuchsen, glänzte auf Hunderten von Gräbern der Marmor verräterisch hell im Sommerlicht, so grell, dass es einen schmerzte.

Die Gräber von Gefallenen dagegen, auch als *Brautgemach* bezeichnet, waren manchmal umgittert und überdacht, und wer daran vorbeikam, dem schlug Räucherduft entgegen. Der triste, todgemahnende Anblick von Friedhöfen war für Akhbar ein Mittel, dem öden Alltagseinerlei zu entfliehen. Die unmittelbare Nähe des Todes gab ihm Halt. Den Großteil des Tages verbrachte er bald nur noch auf Friedhöfen. Durch das Umherziehen von Friedhof zu Friedhof wandten seine Augen sich von der Welt ab und neuen Gefilden zu, und der Ausdruck auf seinem Gesicht wurde so entrückt, dass er bald wie ein Derwisch aus alter Zeit wirkte. Das Gewöhnlichste, das er sprach, klang wie ein Gebet.

In einem der Friedhöfe gehörte er so sehr zum täglichen Bild, dass Hinterbliebene ihn für einen Angestellten hielten und ihm kleinere Arbeiten auftrugen. So kam er wie von selbst zu einem kleinen Verdienst und jätete Unkraut, goss die Blumen, säuberte die Grabsteine. Er wollte nicht wieder Brot aus Eichelmehl essen wie damals, in armen Tagen, als er in Dörfern arbeitete. Nachts schlief er meist in einem Nebenraum der kleinen Moschee, in der die Totengebete gehalten wurden. Er liebte die innere Ruhe, die die Nähe der Toten ihm verlieh. Ihnen nahe zu sein, machte es ihm auf eine Art leichter, das Leben zu ertragen. Er schien mit seiner Präsenz die Toten zu beruhigen, was brauchte er da noch das Leben zu verstehen?

Auf den Friedhöfen ging es viel lebendiger zu als in der Stadt. Die Frauen, die in den Kriegen ihre Söhne, Gatten und Brüder verloren hatten, gingen jeden Dienstagnachmittag in Gruppen auf den Friedhof, weinten und klagten zusammen, machten ihren Schmerz zu einem Schauspiel und ihr Schweigen zu einer Zeremonie, und aus der Nähe zu den anderen versuchten sie wieder Kraft zu schöpfen. Die Frauen ließen die als Votivgabe mitgebrachten Süßigkeiten und Früchte von Hand zu Hand gehen, und Akhbar hoffte schon lange, eines Tages unter ihnen seine Mutter und seine kleine Schwester zu finden.

Reden wollte er nicht mehr. Mit niemandem. Er ließ davon ab, durch den Schleier der Sprache hindurch sein Inneres zu zeigen. Das Stummsein erschien ihm der natürliche Zustand des Menschen, nackt wie des Menschen Haut, und er wollte es nicht in Worte kleiden. Der Mensch sollte sich auch ohne Worte genügen.

Der alte Mann, an dessen Tür Akhbar am Tag seiner Ankunft geklopft hatte, musste diese Furcht verspürt und ihm deshalb gesagt haben, er solle den Wörtern vertrauen. Was Akhbar jedoch ängstigte, waren nicht die Wörter an sich, sondern die Gespenster, die daraus hervorgingen, wenn man sie in einem Schöpfungsprozess mit Bedeutung auflud. Wenn er sprach, machten ihm die Wörter noch mehr Angst, und so schrieb er sie manchmal auf, immer wieder, um diese Angst zu besänftigen. Er wollte von seiner Seele künden, ohne sich an Wörter zu klammern. Sein Inneres war leer, abgrundtief leer. Wo keine Wörter waren, fühlte er diese Leere nicht, doch wer gut zu sprechen verstand, hielt ihm damit einen Spiegel hin, in dem er die Leere wieder sehen konnte.

Im schattigen Teil des Friedhofs lehnte er sich an eine Zypresse und holte das Heft mit dem roten Seideneinband hervor, das er in der Brusttasche trug, seit der Antiquar es ihm gegeben hatte. Die jeweils linke Seite hatte er vollgeschrieben und die rechte freigelassen. Als glaubte er an die Wörter, schrieb er nun Folgendes:

»Ich versuche den unbedeutenden Platz eines einsamen Menschen einzunehmen. Meine Existenz ist eine Staubwolke, die von einem Windstoß zerstreut wird. Eine Leere von der Form meines Körpers. Eine Leere, die zur Unzeit inmitten dieser Hitze steht, inmitten dieser Stadt, dieser Wüste.«

Er glaubte kaum, dass er dies selbst geschrieben hatte.

Eher war ihm, als sei es zuvor mit Geheimtinte geschrieben und erst dann, als er schrieb, sichtbar geworden.

Im Inneren jeder Leere herrschte Fülle.

Als er Tage darauf in der Hoffnung auf Nachricht den Antiquar aufsuchte, schüttelte jener nur traurig den Kopf wie ein enger Verwandter, der betrübt ist, nicht helfen zu können.

Dass Wörter und mit Schrift gefüllte Bücher ihm nicht helfen konnten, hatte Akhbar von Anfang an gewusst. Bücher waren für später, wenn alles vorbei sein würde.

Eines Tages sah Akhbar, wie ein junger Regime-gegner am helllichten Tag unter dem wilden Mandelbaum am Marktplatz erschossen wurde.

Es ging alles so schnell, dass Akhbar wie die anderen erst gar nicht begriff, was geschah. Die Sicherheitskräfte auf dem Platz verstellten einer Frau den Weg und fragten sie nach ihrem Ausweis. Dann verlangten sie von ihr, das Gesicht freizumachen und die Burka auszuziehen. Dieses ungewöhnliche Verhalten, das sich niemand zu erklären wusste, zog sofort viele Schaulustige an. Nach einem kleinen Handgemenge lief die Frau plötzlich weg, und die Sicherheitskräfte setzten ihr nach. Das sah man nicht alle Tage. Die Leute betrachteten es als böses Zeichen, dem bestimmt noch Schlimmeres, Unerhörteres folgen würde. Schließlich schossen die Verfolger, und die Frau brach zusammen. Als der beißende Pulverdampf sich legte, wurde vor den Augen der vielen Umstehenden dem Leichnam die blutverschmierte Burka ausgezogen, und nicht etwa eine Frau kam zum Vorschein, sondern ein junger Mann. Die Sicherheitskräfte setzten ein triumphierendes Grinsen auf, um zu zeigen, dass sie sich nicht getäuscht hatten und man ihnen nichts vormachen konnte. Längst schon war ihnen ein Regimegegner gemeldet worden, der als Frau verkleidet sein Unwesen treibe, und ihn nun gestellt und getötet zu haben, erfüllte sie mit freudigem Stolz, den sie gern mit den Leuten auf dem Marktplatz geteilt hätten. Die aber waren weniger vom Tod eines Menschen beeindruckt als vielmehr von dem Schauspiel, unter einer Burka einen Mann zu entdecken. Während Akhbar zum ersten Mal im Leben jemanden sterben sah, hatten die anderen zumeist genug Kriege und Leichen miterlebt. Für sie war der junge Mann ein Toter und weiter nichts. Der Rest der Darbietung aber war neu.

Kaum hatte Akhbar den ersten Schock überwunden, da verspürte er den Wunsch, selbst in jene Burka zu schlüpfen und die Welt aus ihr heraus zu sehen. Er erkannte in der Burka mit einem Mal eine Möglichkeit für sich selbst. Sein Wunsch wurde gleich so dringlich, dass ihm die Haut davon brannte. Aus der Burka heraus würde er weniger von der Welt sehen, aber mehr davon erträumen. Er würde so sicher darin versteckt sein wie in einer dunklen Höhle. Seinen Leib, der ihm seit Langem gefühllos erschien, durchfuhr ein gewaltiges Zittern, und endlich spürte er sich wieder leben, existieren. Es strömten neue Säfte in ihm, und er begann von innen heraus zu schwitzen. Bisher hatte er anscheinend seine Mutter, seine Schwestern, seine Freundin am falschen Ort gesucht und würde nun ausgerechnet durch etwas zu ihnen gelangen, was ihn bisher von ihnen getrennt hatte, nämlich die Burka. Sie lebten seit Langem in einem Land, das er noch nicht kannte. Er hatte also die wahre Grenze noch nicht überschritten. Und seine Frauen würde er erst wieder sehen, wenn er in der Burka die Augen schlösse und träumte. Die Burka würde ihm seine Augen zurückgeben. Und damit alles, was unsichtbar geworden war.

Und wie mit Dolchen geblendete Märchenhelden kniff er fest die Augen zu.

Da hörte er, ganz dicht am Ohr, wie der auffahrende Wüstenwind Tausende von Stoffballen emporblähte und sie wie bunte Drachen raschelnd flattern ließ. Am Wüstenhimmel, der vom Flugsand gelb gesprenkelt war, reihten sich die Stoffbahnen zu einem langen Band, das – sich drehend und windend – lustig dahinzog. Akhbar fühlte in nie gekannter Art sein Inneres sich weiten. Er wähnte sich so frei, als könne die Welt ihm nun nie mehr etwas anhaben.

Wer sich verschloss, war gegen die Welt gefeit.

In einem Hitzedunst, den nur er selbst sah, schritt Akhbar voran, als verschwinde er darin. Die vielen Meter bunten Stoffes flatterten nun losgelöst und frei im Wind, als wären sie auf der Suche nach zu verhüllenden Frauen.

Natürlich konnte es auch ihm ergehen wie dem jungen Mann, der gerade erschossen worden war, aber der aufregende Gedanke, in einer Burka zu leben, löste so wilde, widersprüchliche Gefühle in ihm aus, dass er auf diese Gefahr nicht weiter achtete. Zudem war er von kleiner, schmächtiger Statur und würde in einer Burka unter den Frauen nicht auffallen. Es leuchtete ein Licht in ihm auf, ein Licht am Ende einer Höhle. Es zog ihn an und zeigte ihm den Weg. In seine eigene Höhle konnte er sich nur durch eine Burka zurückziehen. Und niemand würde dort eindringen können, wo seine Seele dann versteckt war.

Beim Blick in mancher Leute Gesicht denkt man unwillkürlich: Dieser Mensch hat niemanden auf der Welt.

Akhbar trug seit frühen Jahren ein solches Gesicht.

Die Burka würde ihn vom Niemand zum Jemand machen.

In jener Zeit, in der es ihn so umtrieb, sah ihn eines Tages sein Freund Selâh. Akhbar war tief in Gedanken an ihm vorbeigegangen, und Selâh rief ihm nach. Selâh hatte noch das gleiche helle, aufmunternde Lächeln im Gesicht wie schon damals als Schüler. Überhaupt war sein Lächeln das, woran man ihn zuallererst erkannte. Es zeigte einem, dass man nicht verloren war, sondern irgendwo jemand auf einen wartete. Das Lächeln mancher Menschen erleichtert das Leben, und zu diesen Menschen gehörte Selâh. Mochten Bart und Haare früh ergraut sein, so waren doch seinem Gesicht die Jahre nicht anzusehen. Was geschehen war, schien spurlos an ihm vorübergegangen. Seine straffe, vor Leben und Frische nur so sprühende Haut stand zum Silberschein der Haare in hübschem Kontrast und verlieh dem jungen Mann ein angenehmes Äußeres.

Selâh lebte nicht mehr in der Stadt. Nach dem Krieg war er mit der Familie in den Süden gezogen und jetzt nur für ein paar Tage wieder hier, um etwas zu erledigen. Das Zusammentreffen mit Akhbar war eine schöne Überraschung.

Selâh wusste, was Akhbars Familie alles zugestoßen war. Er litt zwar mit Akhbar mit, doch erschrocken über die Zerrüttung, die er seinem Gesicht ablas, fühlte er sich bemüßigt, Akhbar daran zu erinnern, dass seine Familie nicht die einzige war, über die solche Katastrophen hereingebrochen waren. Auch viele andere waren heimgesucht worden, auseinandergerissen, und hatten Tod um Tod erfahren. Die jetzige Ruhe im Land war nicht dem Frieden und gläubigem Vertrauen geschuldet, sondern einzig und allein der Furcht. Auch Selâh war mit der herrschenden Ordnung nicht zufrieden, doch er vertraute darauf, dass sie vorübergehend sei und alles wieder ins Lot kommen werde. Er verstand es, auf das Leben zu bauen, auf die Zeit, und daher kam wohl auch das Strahlende in seinem Gesicht. Er wärmte damit nicht nur sich selbst, sondern auch andere und weckte in einem das tiefe Gefühl, dass alles sich wieder einrenken werde.

Zuerst sondierte Selâh vorsichtig, was Akhbar über das Schicksal seiner Familie schon wusste. Was zu sagen war, wollte er ihm der Reihe nach mitteilen, Schritt für Schritt. Dass seine Mutter wieder geheiratet hatte, würde ihn bestimmt sehr treffen und musste ihm so schonend wie möglich beigebracht werden. Nachdem das Terrain dafür bereitet war, setzte Selâh zu seinem Geständnis an: Ja, Akhbars Mutter hatte geheiratet und war fortgezogen. Die Heirat war nicht zu vermeiden gewesen. Eine Mutter und ihre Tochter durften nicht mehr allein leben. Da man Frauen ohne männlichen Beistand als Quelle der Sünde ansah, wurden sie von der Stadtverwaltung registriert und mit als geeignet befundenen Männern verheiratet, manchmal auch unter Zwang. So war seine Mutter mit einem kranken alten Witwer verehelicht worden und irgendwo in den Norden gezogen, wohin genau, das wusste auch Selâh nicht, der sich lediglich daran erinnerte, dass der Mann früher Getreidehändler gewesen war. Um Selâhs Gedächtnis auf die Sprünge zu helfen, zählten sie beide die Namen der im Norden gelegenen Städte auf, doch umsonst. Es handelte sich auf jeden Fall um die Gegend des Landes, die vom Krieg am meisten verschont geblieben war. Um Frauen, Kinder und alte Leute vor den Bürgerkriegswirren zu schützen, hatte man sie in die kleinen Städte im Norden und Nordosten verbracht, wo die Gebirgsketten begannen. Vor allem im Nordosten waren einige Städte dadurch beträchtlich angewachsen. Auch als der Krieg nicht mehr wütete, waren zahlreiche Familien ihren Heimatstädten ferngeblieben, da sie wohl dachten, dort mittlerweile nicht weniger fremd zu sein als da, wo man sie angesiedelt hatte.

Beim Abschied sagte Selâh, er müsse am nächsten Tag zurück, doch um Spuren von Akhbars Familie zu finden, werde er seinen Freund am Abend zu einer Frau bringen, die in einem abgelegenen Viertel als Wahrsagerin tätig sei. Ganz geheuer sei sie ihm selbst nicht; sie stehe mit Verschollenen der diesseitigen und der jenseitigen Welt in Verbindung und überbringe von ihnen Nachrichten. Nach dem Krieg habe durch sie schon mancher erfahren, wo seine vermissten Angehörigen verblieben seien. Höchstwahrscheinlich könne sie auch Akhbar helfen. Da freute sich Akhbar, als habe er seine Familie schon gefunden.

Am Ende der Stadt, in einer unheimlichen Gasse, in der die Häuser, wie zu unseligem Tun verabredet, sich eng aneinanderschmiegten, stand ganz hinten das Haus der Frau.

Eine Frau in einer Burka öffnete die Tür. Hinter ihr spürte man die dunkle Stetigkeit der Zeit. Ohne Fragen zu stellen, bedeutete die Frau ihnen mit harmonischer Geste, sie sollten ihr folgen. Ihre feingliedrige Hand erinnerte an einen Taubenflügel und war über und über mit Henna bemalt; sogar die einsetzende Dunkelheit wurde damit noch verziert. Das Haus war größer, als man von außen vermutet hätte. Nachdem sie den weiten Innenhof durchquert hatten, betraten sie einen langen, von rußigen Öllampen beleuchteten Korridor, in dem alles wie frisch geputzt roch, selbst die Steinwände, an denen stumpfe Schwerter hingen. Alles schien darauf angelegt zu sein, sie einzuschüchtern und den Worten der Frau, der sie gleich gegenüberstehen würden, noch mehr Gewicht zu verleihen.

Am Ende des Korridors, der eher wirkte wie der Geheimgang einer Burg, schritten sie durch eine hölzerne Flügeltür mit gusseisernen Verzierungen und sahen eine Frau vor sich sitzen, die aus einem Schöpfbecher Granatapfelsaft trank. Ihr Gesicht war unverhüllt. Akhbar wurde noch aufgeregter. Zum ersten Mal seit Langem sah er ein Frauengesicht, und noch dazu würde dieses ihm gleich sein Schicksal prophezeien.

Der Preis für das Gesicht würden Worte sein.

Das Zimmer wurde nicht elektrisch beleuchtet, sondern wie früher mit Kerzen und Öllampen. Die Frau trug an jedem Finger einen Ring aus Silber oder Achat, und vor lauter Armreifen bis zum Ellbogen hinauf konnte sie kaum die Arme heben. Um ihren Hals hingen Korallenketten, die mit blauen Perlen versetzt waren und weniger schmücken sollten, als vielmehr die Tore ihres Herzens vor Feinden bewahren.

Die Frau bat sie, Platz zu nehmen. Ihr Kopf war gen Mekka gewandt. Ihre Augen standen ihr zu groß im Gesicht, und alles an diesen Augen war zu viel. Sie waren zu schwarz, zu glänzend und so schreckgeweitet, als hätten sie in zu vieler Leute Zukunft gesehen. Auf dem samtenen Tuch vor ihr, das wie ein Tierfell glänzte, waren mehrere Weissagungssymbole, und die Düfte, die aus einem bronzen glänzenden Weihrauchgefäß emporstiegen, wiederholten sich wie ein orientalisches Märchen, das sich immer wieder seiner selbst vergewissert.

Selâh sah, wie befangen Akhbar war, und erklärte an seiner Stelle, wozu sie gekommen waren.

»Es gibt billige Methoden und teuere«, sagte die Frau.

»Wenn die Methode nur Abhilfe schafft, dann ist sie uns recht«, erwiderte Selâh.

Er konsultierte dabei nicht einmal Akhbar und wollte offensichtlich dem Freund etwas Gutes tun.

Die Frau rief ihre Gehilfin herbei und trug ihr etwas auf. Bald darauf hörte man es im Korridor rascheln, und die Gehilfin kam mit einer prächtigen Burka zurück, in die mit Silberfäden Koranverse eingestickt waren. Die Wahrsagerin zog sich zeremonienhaft die Burka über und rief dabei murmelnd jenseitige Kräfte um Hilfe an. Es waren unverständliche Worte, die ihrer Stimme noch mehr Gravität verliehen. Als Letztes nahm sie ihre Kopfbedeckung ab und verschwand dann gänzlich unter der Burka. Sobald ihr Gesicht verhüllt war, kam Akhbar in den Sinn, ihr Körper habe sich augenblicklich davongemacht, und die Burka sei nichts anderes mehr als ein leerer Sack. Die Frau sei auf die Reise in eine andere Welt gegangen und habe die Burka nur dazu benutzt, diese Reise zu verheimlichen und die Zuschauer zu täuschen. Die Stimme der Frau, die aus der Burka kam, war immer leiser zu vernehmen, und sie zählte die Namen jener Städte im Norden auf. Bei jedem Namen durchfuhr es Akhbar wie ein Schauer. Seine Seele war schon vor ihm auf die Reise gegangen, und es blieb ihm nichts übrig, als ihr zu folgen.

Er steckte die Hand in die Tasche, um die Sandrose zu berühren. Doch in der Tasche war nichts weiter als eine Handvoll Sand.

Als Akhbar abends auf einer der immer noch nicht abgekühlten Holzbänke des Busbahnhofs saß und sich schaukelnd die Namen der im Nordosten gelegenen Städte vorsagte, wie um sich vor dem Getöse seiner Umgebung zu schützen, da empfand er plötzlich das Bedürfnis, sich an damals zu erinnern, als er in die Fremde aufgebrochen war. Von Reminiszenzen an seine seelische Frische jener Zeit erhoffte er sich Labsal für seine jetzige Reise. Jahrelang vom Fernweh geplagt gewesen zu sein, verhalf ihm nun wenigstens zu der Gewissheit, dass das Reisen sein Schicksal war; da er für sein Reisen ein Ziel gefunden hatte, durfte es ihn ruhig wieder von hier nach dort verschlagen. Das Leben hatte seiner Seele ein Ziel gegeben. Der Weg war nicht da, um zu finden, sondern um zu suchen.

Als er losfuhr, war er ein wenig ruhiger geworden.

Die Nachtfahrt schien die Dunkelheit des Landes noch verstärkt zu haben. Sie fuhren durch eine lange, zähe Finsternis, als würden sie durch die Nacht geschleift, vorbei an verlassenen, geplünderten, verwüsteten Ortschaften und toten Städten. Zu hören waren nur die Stimmen der Wüste. Sie sahen von gebrochenen Leben hinterlassene Zeichen und ließen diese ihrerseits zurück. Manchmal blickten schwach erleuchtete Trümmerhäuser in die Nacht wie die Augenhöhlen von Skeletten, und die Straßen selbst waren morsch und zerbröselt wie zerfallende Knochen. Sie kamen durch Städte voll gespenstergleicher Wesen, die – von den müden Busscheinwerfern oder vereinzelten Straßenlampen fahl beleuchtet – so wirkten, als harrten sie der Schädel ihrer Skelette. Die Straße in den Nordosten führte durch Geisterstädte wie aus einem anderen Jahrhundert. Die Nacht, durch die sie fuhren, schien gewiss zu sein, dass nie mehr ein Morgen käme.

Außer dem alten Bus, der fortwährend dröhnte, um sich in der Nacht zu behaupten, war nichts mehr zu hören. Sie entfernten sich immer mehr von der Wüste. An Menschen sahen sie nur noch die Soldaten, die am Ein- und Ausgang von Städten ihre Routinekontrollen durchführten. Wären nicht ab und zu in ihm schwache Bilder von der langen Busreise aufgetaucht, die er einst als Kind mit seinem Vater unternommen hatte, so hätte er sich von all den Straßen, die er schon passiert hatte, keiner mehr erinnert. Die beruhigenden Blicke seines Vaters, sein heiteres Lächeln und der Geruch seiner dunklen Haut, den Akhbar im Halbschlaf noch intensiver empfand, hatten ihm über die Mühseligkeit jener Fahrt hinweggeholfen.

Die Müdigkeit in seinen Augen tauscht nachts mit der Straße Platz.

Der Schlaf in seinen Augen tauscht morgens mit den Sandkörnern Platz.

Im silbrigen Dunst der Morgensonne werden am Straßenrand kleinere und dahinter immer größere Sandhügel sichtbar. Es ist das letzte Stück Wüste, das sie zu sehen bekommen, bevor sie die Gebirgskette im Nordosten erreichen. Akhbar weiß, dass der Nachtwind die Dünen ständig verformt. Die Hügel von jetzt sind nicht die Hügel vom Abend zuvor. Beim leisesten Hauch beginnt es auf der Oberfläche zu rieseln, und schon diese kleine Regung vermittelt den Eindruck, die Düne sei gewandert.

Wie die Frauen, die sich in ihren Burkas wellenartig fortbewegen, rutschen die Dünen herab, halten sich aneinander fest und werden im früh einsetzenden Mittagsglast zum Vexierbild, das jedes Auge mit anderem Blendwerk versorgt.

So wie ein kräftiger, entschlossener Wind manchmal in die Sandhaufen fährt, sie zu goldenem Wehen zerstieben lässt und daraus dann neue Hügel formt, so ziehen die Frauen in blendender Farbenpracht, in Seide und Taft, über endlos dahinfließende Hügel, Schulter an Schulter, mit wogenden Köpfen, wie ein Sklavenheer, und gehen im Wogen der Stoffe und Farben ineinander über und verwischen damit ihre Spuren und sich selbst.

Was er nun zwischen den Sandhügeln vor sich hatte, war keine Fata Morgana. Die Frauen selbst waren zur Fata Morgana geworden. Was er durchs Fenster sah, waren weder Sand noch Hügel, noch Luftspiegelung. Es war die Unsichtbarkeit des Wirklichen. Eine klimabedingte Philosophie. Nicht umsonst gingen die Propheten, die das Unsichtbare sahen, allesamt in die Wüste.

In einem Bergkloster, in dem er einst übernachtet hatte, war leise ein Priester an ihn herangetreten, als er versonnen die Ikonen an den Wänden betrachtet hatte. Der Priester hatte ihm die Ikonen erklärt und dann behauptet, im Islam seien die Augen schwach.

»Deshalb hat im Islam das Herz so eine große Bedeutung, und was man sieht, wird gleich zur Sinnestäuschung. Der Islam will die Augen vergessen.«

»Ist Ihr Gott denn nicht auch unsichtbar?«, hatte Akhbar gefragt. »Was haben denn die Augen zu bedeuten, wenn man an das Unsichtbare glaubt?«

Damit wollte er nicht ein Streitgespräch gewinnen, sondern nur den Worten des Priesters eine Antwort entgegenhalten.

Straße folgte auf Straße, Stadt auf Stadt.

Der sandige Wind brannte Akhbar auf dem Gesicht. Zusammen mit der Sonne schien auch sein Gesicht dahinzuziehen. Und die Sonne in seinem Gesicht wusste, wo sie untergehen würde.

In der Stadt, in der er ausstieg, ging er an niedrigen Häusern vorbei, die die Sonne im Rücken hatten, durch enge Gassen mit langen Häuserzeilen, und gelangte schließlich auf einen kleinen Platz, auf dem sich Kinderstimmen aus den Innenhöfen mit dem Rufen der Straßenhändler vermischten und damit dem aschgrauen Anblick etwas Leben einhauchten und die Welt gefälliger machten.

Als er das beschriebene Haus endlich fand, hatte sich der Himmel völlig zugezogen, die Stimmen waren verstummt, und ein erfrischender Regenwind kam auf. Alle hatten sich in ihre Häuser verkrochen, und außer stumpf blickenden Alten an den Fenstern und ein paar Kindern, die von der Straße nicht genug bekommen konnten, war niemand mehr zu sehen.

Akhbar dachte an die Märchen und Parabeln, in denen ein zu Boden gefallenes Taschentuch, ein Schleier oder eine symbolträchtige Frucht, wie etwa ein Granatapfel, davon zeugen, dass man sich im wirklichen Leben befindet.

Aber nichts davon war da.

Man sagte ihm, in dem Haus wohne tatsächlich ein alter Getreidehändler, und da spürte er tief innen im Herzen, dass sein Abenteuer hier zu Ende ging, und er spürte es ohne Hoffnung und ohne Hoffnungslosigkeit. Hinter jener Tür würde eine neue Welt für ihn beginnen. Als wollte er sich noch einmal seiner Existenz versichern, berührte er wieder das Amulett an seinem Hals. Wenn ihm ein paar Zauberworte aus einem alten Märchen einfielen, an das er sich nicht mehr recht erinnern konnte, dann würde er aus seiner Verzauberung in die Welt zurückkehren, und alles würde so weitergehen wie damals. Mit der rechten Hand am Amulett ließ er durch sein Herz noch ein Stoßgebet gehen.

Eine Frau in einer Burka öffnete die Tür. Die Augen hinter dem Sichtfenster, die durch das Gitter geteilten Blicke kamen ihm bekannt vor.

»Wohnt hier eine Fatima?«, fragte er und sah dabei in die vertrauten Augen.

Die Antwort, die er bekommen würde, fürchtete er nicht.

»Ich bin Fatima«, sagte die Frau, mit einer Stimme aber, als ob sie ihn nicht erkennen würde.

»Mutter, bist du es?«, rief Akhbar aus. Anstelle einer Antwort ging wie eine zweite Tür das Fenster der Burka auf.

In die Burka, die sich wie ein auffliegender Raubvogel würdevoll nach beiden Seiten öffnete, hielt Akhbar zögerlich Einzug, als betrete er ein fremdes Zelt. Das von draußen einfallende Licht zeichnete das Muster des Stoffes auf seine Haut, sein Gesicht. Er zog sich von Neuem an und begann dabei mit seiner Haut. Als er in der Burka in dunkler Leere langsam voranschritt, sah er vor sich die Mutter. Mit einem Lächeln auf den Lippen, das nicht von dieser Welt war, breitete sie die Arme aus, um ihren Sohn an die Brust zu drücken. Akhbar hatte einen säuerlichen Geschmack im Mund, der ihm aus alter Zeit bekannt vorkam. Was da an die Stelle des Staubes getreten war, war nichts anderes als der Geschmack von Muttermilch. Als er seine Mutter umarmte, fand er zurück zu der Geborgenheit von damals, als er noch an ihrer Brust gesogen hatte, und zurück auch zu Kindheitserinnerungen, die er längst vergessen hatte. Die allerersten Gefühle wurden so frisch wie damals wieder in ihm wach. Und er brauchte dazu nicht ein einziges Wort. Alles war ganz lebendig. Er fühlte, wie ihm der Kopf gestreichelt wurde, und verspürte wieder, wie er durch Liebkosungen erstmals die Grenzen seines Körpers erlebt hatte.

Das Gesicht seiner Mutter war noch nicht da. Nur ihr Gefühl. Wie damals, als er von der Mutter in den Schlaf gewiegt wurde, war ihr Gesicht eine tiefe Leere, die er überall spürte. Eine Leere, die durch nichts zu füllen war.

Gleich hinter der Mutter, zur Umarmung bereit, stand seine große Schwester, die ihn immer zur Schule gebracht hatte. In seiner Handfläche spürte er die Hand der Schwester, ihre liebende Fürsorge. Er entdeckte, dass seine Handfläche ein Gedächtnis für sich war, das sich an Gefühle erinnerte, die er selbst längst vergessen hatte. Als er aufsah, war auch seine Schwester fort. Sie hatte ihr Gesicht vielleicht einer anderen geliehen.

Als auf einmal seine Freundin dastand, genauso wie er sie damals verlassen hatte, sagte die Frau an der Tür: »Hier wohnt keine Fatima. Außerdem ist mein Sohn gefallen. Du siehst ihm kein bisschen ähnlich.«

Sie sagte das mit vor lauter Kummer ganz müder Stimme. Dann schloss sie gleichgültig die Tür.

Ihr Gesicht hatte sich von selbst verschlossen.

Akhbar blieb ganz allein in seiner Burka zurück.

Von draußen kam kaum noch Licht herein. Das Muster des Stoffes zeichnete sich nirgends mehr ab. Akhbars Augen versuchten sich an die Dunkelheit zu gewöhnen. Er wusste, dass ihm in solcher Finsternis weder Gefahr noch Unglück drohten. Die echten Gefahren lauerten draußen. Hier drinnen war er so sicher wie Josef in seinem Brunnen. Sich zu verstecken bedeutete Sicherheit. Auch sein Inneres musste er verhüllen. In dem Bewusstsein, dass niemand so leicht in die Höhle einer verschwundenen Seele gelangte, tat er in seiner Burka die ersten Schritte. Zuerst stolperte er ein paarmal, strauchelte, aber dann wurde er sicherer und schritt immer fester aus. In seinen Beinen spürte er die Schritte eines anderen, der seine Kraft kaum zügeln konnte. Sein Gehen hatte nun etwas Weites an sich.

Eilig ging er auf den Sammelpunkt an der Grenze zu. Immer schneller wurde er, bis er fast lief. Dass die Burka die Hitze noch unerträglicher machte, spürte er gar nicht mehr; trotz des vielen Stoffes schwitzte er nicht. Als er schon ganz nahe am Sammelpunkt war, fuhr ein altes Auto an ihm vorbei. Es war ein altes Auto mit hohem Radstand und gewaltigen Reifenprofilen; die Ladefläche war offen, und wo Lack abgesprungen war, hatte jemand mit verschiedensten Farben nachgebessert. Der Beifahrer blickte ihn aufmerksam an, als er direkt auf seiner Höhe war; und dass er sich sogar umdrehte und ihm noch lange nachsah, merkte Akhbar daran, dass ihm der Blick des Mannes brennend durch die Burka fuhr.

© für die deutsche Ausgabe
by Blumenbar Verlag, München 2008
2. Auflage 2008

Die Originalausgabe erschien 2004 unter dem Titel
Çador bei Metis, Istanbul
© by Murathan Mungan, 2004

Alle Rechte vorbehalten
Coverdesign: Chrish Klose, die Sachbearbeiterinnen
Lektorat: Wolfgang Farkas
Satz und Typographie: Frese, München
Druck und Bindung: Freiburger Graphische Betriebe
Printed in Germany

ISBN 978-3-936738-41-4

www.blumenbar.de